西方人文经典译**丛**

意大利的黄昏

［英］D. H. 劳伦斯　著

傅志强　译

知识产权出版社
全国百佳图书出版单位

图书在版编目（CIP）数据

意大利的黄昏 ／（英）劳伦斯（Lawrence，D. H.）著；傅志强译.—北京 ：知识产权出版社，2015.6

（西方人文经典译丛）

书名原文：Twilight in Italy

ISBN 978-7-5130-3354-1

Ⅰ. ①意… Ⅱ. ①劳… ②傅… Ⅲ. ①游记－作品集－英国－现代 Ⅳ. ①I561.65

中国版本图书馆CIP数据核字（2015）第030233号

内容提要

1912年，27岁的D. H. 劳伦斯，英国天才的青年作家与热恋中的未婚妻身背行囊，徒步从德国伊萨尔河经奥地利布伦纳山口跨过积雪的阿尔卑斯山，走到碧空如洗、如梦如幻的意大利加尔达湖。

本书生动地记录了其沿途所见所闻、所思所感，文笔流畅而情节奇特；富有哲理亦不失幽默。这是一部动态的、参与式的游记，而非静态的、旁观的游记，犹如一幅西欧三国的长轴风情画卷，值得一读。

　　责任编辑：高 超　　　　　**责任校对**：董志英
　　装帧设计：品 序　　　　　**责任出版**：刘译文

西方人文经典译丛

意大利的黄昏
Yidali de Huanghun

［英］D. H. 劳伦斯 著　　傅志强 译

出版发行：**知识产权出版社**有限责任公司　　网　址：http://www.ipph.cn

社　址：北京市海淀区马甸南村1号　　　　邮　编：100088

责编电话：010-82000860转8383　　　　责编邮箱：morninghere@126.com

发行电话：010-82000860转8101/8102　　发行传真：010-82000893/82005070/82000270

印　刷：北京科信印刷有限公司　　　　　经　销：各大网上书店、新华书店及相关专业书店

开　本：880mm×1230mm 1/32　　　　印　张：5.75

版　次：2015年6月第1版　　　　　　　印　次：2015年6月第1次印刷

字　数：206千字　　　　　　　　　　　定　价：25.00元

ISBN 978-7-5130-3354-1

本书根据约纳丹·开普有限公司
1916年初版、1932年重印本翻译

Twilight in Italy
by D. H. Lawrence
Jonathan Cape Ltd. reprinted 1932

译　者　序

从一九三零年戴维·赫伯特·劳伦斯（David Herbert Lawrence）去世到今天，已经过去八十多年了，但作为一位英国小说家，劳伦斯的名字在中国依然广为人知。

二十世纪八十年代，他的长篇小说《查泰莱夫人的情人》一经翻译出版就让千千万万的中国读者记住了这个颇有争议的作者，无论这些读者是否读过这本书，也无论他们是否赞同、欣赏这部作品。总之，这部小说的轰动效应几乎让人们一致认为劳伦斯与《查泰莱夫人的情人》就是一回事。

但是，劳伦斯并不仅仅是一位只擅长描述男女情欲的小说家，实际上，他是二十世纪英国最具独创性，也最有争议的作家。在其短暂的一生中，劳伦斯创作了大量的文学作品，其中包括十部长篇小说和许多短篇小说、剧本、诗歌、文学评论与游记文学，洋洋数百万言，真可谓著作等身了。

青年时代的劳伦斯在这部诗意盎然的游记中，去到奥地利和意大利开始徒步旅行，我们在随着他优美的、富有哲人思想的、抒情的描述翻越积雪的阿尔卑斯山，去领略二十世纪初欧洲壮丽与清新、雄浑与旖旎的风光之前，首先简单介绍一下他的生平与作品。

一、生平简介

劳伦斯一八八五年九月十一日生于英国诺丁汉郡伊斯特德镇，一九三零年三月二日因长年患肺结核卒于法国尼斯市的旺思镇，享年四十五岁。

他父亲是一位煤矿工人，母亲大约是一位小学教师，受过教育，因此，她坚持让劳伦斯接受教育。他一生受母亲影响很深，对母亲一直怀有深情。他母亲性格暴躁、跛扈，而且与他父亲感情很不融洽。

一九零五年，劳伦斯毕业于诺丁汉大学的两年制教师培训班，毕业后到伦敦郊区的一所小学任教。一九零九年，二十四岁的劳伦斯在福特·马多克斯·福特主编的《英国评论》上发表了几首诗歌，这是他的处女作。两年后，在这位主编的帮助、指导下，一九一一年他发表了第一部长篇小说《白孔雀》。一九一三年，劳伦斯发表了《儿子和情人》，这是他的成名之作，也是他的一部著名自传体小说，书中生动地描述了矿工沃特·毛瑞尔的痛苦与不幸，他的家庭纷争与不和。从此劳伦斯一发不可收地走上了文学创作的道路。

一九一二年，这位刚刚在文坛上展露才华的劳伦斯与一位德国的有夫之妇、贵族女子弗里达·冯·里希特霍芬·韦克利双双私奔到欧洲大陆。两年后，即一九一四年，这位德国女子与她的丈夫、诺丁汉大学哲学教授欧内斯特·韦克利离婚，而与劳伦斯正式结为夫妻。那时欧洲正处于第一次世界大战的空前灾难中，劳伦斯对这场战争表示强烈反对，发表了不少反战言论，而他的妻子又恰巧是敌国的贵族妇女，于是英国当局把他们视为敌国间谍，限令他们不得离开英国。因此劳伦斯对英国政府抱有很大仇恨。战后他们才获准离开英国，从此这对夫妇就开始了浪迹天涯、漫游世界的生活。

劳伦斯一生酷爱旅游，热爱大自然，崇尚人与大自然的和谐，认为人类乃是大自然的一个组成部分。他痛恨西方现代化的工业，认为现代工业文明不仅破坏了自然环境，污染了人类赖以生存的家园，把美丽的山河、清新的空气弄得龌龌龊龊，臭气熏天，而且还泯灭了人类的本性，把人变成了机器的奴隶，金钱的侍从，把人变成了动物和畜生。

由于时代的限制，他认为人类的出路在于倒退，认为人类只有抛弃铁路、公路、工厂和机器，回到农耕时代，才能享有安宁与平静。第一次世界大战以后，他对西方文明的衰落不再抱乐观态度，于是开始认为人类必须由超人领袖领导才能得到重新改造和重建。

二、作品简介

一九一五年，劳伦斯发表了篇幅最长的小说《虹》，一九二一年发表了它的姊妹篇《恋爱中的女人》，一九二零年另一部长篇《迷途的姑娘》问世。他最后一部长篇小说，也是他最有争议的作品《查泰莱夫人的情人》于一九二八年出版。

西方评论界认为劳伦斯本人是个复杂的人物，他有强烈的控制欲，咄咄逼人，无情，心理失调，认为他的某些作品对性生活做了过于详细的描述，有伤风化，因此他的一些作品在英国和美国多年都被列为禁书，如《查泰莱夫人的情人》。

我国的西方文学研究人员中肯地指出：劳伦斯"重视长篇小说，认为最能充分展现生活。从传统技巧出发，他逐渐加进了草木鸟兽的诗意摹写、指斥愚庸的政论激情。他不看重形式和情节，他的主要人物没有十分固定的性格。他的优秀长篇小说包罗广博，很有气势，但有时夹杂着反复议论、结构凌乱的缺点。"**❶** 在这部意大利游记中，我们也可以看到这些特点。

但是，无可否认，劳伦斯毕竟是西方世界公认的天才英语作家。西方评论家认为他肯定应该被列为二十世纪最重要的小说家之一，目前西方文学界仍然在对他进行研究，研究的成果不断增加，与这位作家有关的著作在任何一座具有一定容量的图书馆中都占有可观的位置。

劳伦斯的所有小说都是用抒情的、审美的散文风格写作的，甚至带有《圣经》的修辞特色。他对特定时间、地点的感觉有一种非凡的表达能力，使读者如闻其声，如睹其色，如历其境。

我认为这种非凡的表达能力可能与西方艺术家（包括文学家）深厚的现实主义、写实主义，甚至自然主义的基础分不开。西方艺术家的创作过程与我国艺术家游遍千山打腹稿的观察、感受、体验、反思和酝酿，然后再写作的创作过程不同，他们往往在游历的同时就用速记的形式把自己面对自然与社会的观察和感受写下来，这与美术家们的写生很近似。我们面前的这部《意大利的黄昏》就明显地带有这种痕迹。

三、劳伦斯的游踪

劳伦斯和他的妻子弗里达都热爱旅游，在共同生活的近二十年中，他们的足迹遍布奥地利、德国、瑞士、意大利、法国、澳大利亚、美国、墨西哥和锡兰（斯里兰卡）等地。因为有了这样广泛的旅游实践，除去长篇小说、剧本和文学评论外，劳伦斯一生还写作了不少文字优美、观察

---

❶ 引自中国大百科全书总编辑委员会《外国文学》编辑委员会　中国大百科全书出版社编辑部编：《中国大百科全书.外国文学Ⅰ》，第590页"劳伦斯，D. H."条（赵少伟撰）。北京·上海：中国大百科全书出版社，1982.5。——译者

透彻、细致入微的游记，比如，关于意大利的旅游就有《意大利的黄昏》《大海与撒丁岛》和《伊特鲁里亚各地》。

劳伦斯熟练掌握几种外语，如德语、法语、意大利语，在周游各国的时候，他能够更广泛地与当地的居民进行交流，因此他的游记不仅用细腻深邃的笔触如诗如画地描绘了各地特定的山川草木、江河原野，而且还记录了一幅幅普通民众生活的风情画，刻画了一个个栩栩如生的人物肖像，宛如那个时代的风光、景物、社会和人物的素描画册，令人读之不忍释手。

《意大利的黄昏》是于一九一六年第一次出版的，此后又于一九二四年、一九二六年、一九二七年、一九二九年、一九三零年和一九三二年六次重印。这部游记记录了劳伦斯一九一二至一九一六年间从奥地利、德国、瑞士到意大利徒步旅行时的所见所闻。正值青年时代的劳伦斯刚刚踏上文学创作的道路，与情人私奔到欧洲大陆，他有时与同伴一起，有时是独自一人，在这几个国家的城市和乡村从容自在地游历，面对异国的秀丽风光和普通民众，产生了许多感想。在本书中他用自己擅长的带有诗意的散文风格或写景，或状物，或记事，或描摹人物，或悲天悯人地大发哲理性议论，或大发思古之幽情。读者从中不仅可以领略到二十世纪初奥、意等国的山川风貌和社会生活，而且还可以从中清晰地窥见劳伦斯早年在文学道路上迈出的足迹，从中悟出某些学习写作的门径。

傅志强

2014年12月5日

修订于兴寿、辛庄

目　录

跨越群山的十字架

这 条通向意大利的皇家大道从慕尼黑穿过蒂罗尔，越过因斯布鲁克和博尔萨诺直到维罗纳，它穿越了无数的山峦。当各位帝王走向南方的时候，或者又从鲜花盛开的意大利回到自己在德意志的故乡时，这条大道上行进着浩浩荡荡的队列。

那日耳曼的灵魂中存在着多少这种古老的皇室特有的虚荣呵！难道日耳曼的各位君王不都是继承了昔日的罗马帝国吗？也许，那不是一个真正的王国，但那个名声却是响亮而又辉煌的。

也许日耳曼天性中就带有一种固有的过分自信（Grössenwahn）。假如各个民族能够认识到他们都具有天然的特性，假如他们能够理解和认同各自的特性，那么，所有这一切都将会变得多么简单呵。

皇家的队列再也不会跨越群山走向南方了。人们几乎忘记了它们，这条大道也几乎从人们的记忆中消失了。

但是，这条大道依然躺在那儿，它们的路标也依然耸立在那里。

一座一座的十字架还挺立在那儿，它们不仅仅是那条大道的标志，而且现在还对那条大道发挥着某种作用。皇家队列，受到教皇的祝福，又有各位大主教的陪同，肯定被植入了各种神圣的偶像，就像万山丛中的新生草木一样，它靠着土壤，靠着那接受了它的种族，在那里繁衍和成长。

如果有人在巴伐利亚的山地和山丘中穿行，他很快就会认识到那里是一片不同的国土。那儿有一种不同的宗教。那是一个陌生的国家，遥远而与世隔绝。也许它属于那些被遗忘的皇家队列。

这条通畅空旷的大道通向大山之中，沿着大道而行的人们几乎不注意那一座一座的十字架和神龛。也许人们的兴趣已经枯萎了。十字架本身算什么呢，只不过是一种由工厂制造的感伤主义而已。灵魂对它不屑一顾。

但是，一座十字架接着一座十字架带着它们的篷顶渐渐地、朦胧地隐现出来，这些十字架似乎在整个乡村制造了一种新的氛围，一种黑暗，一种在空中的凝重，由于山顶积雪的反光，它亮得是那样不自然，那样罕见，一片黑暗恰恰就盘旋在大地的上方。这来自高山的反光是如此奇异，如此神秘，充满了不可思议的光辉。于是十字架不时地出现在面前，在空旷、长满青草的道路的转弯处，尖尖的篷顶下有一个阴影，一种神秘。

一天傍晚，在大山脚下的一片沼泽地上，我踽踽独行，突然陷入沉思，那时天空苍白而又诡秘，深不可透，山峦几乎一片漆黑。小径交叉处有一座十字架，在基督像两脚之间有一束枯萎的罂粟。我先看到罂粟，然后才看到基督。

那是一个古老的木雕神龛，出自一位巴伐利亚的农民之手。那基督则是阿尔卑斯山脚下的一位农民，长着宽宽的颧骨、四肢健壮。他那张残破不全的脸紧紧地盯着那些小山，他的脖颈僵直，似乎在抵抗这个事实：他无法逃避铁钉和十字架。这是一个在精神上被铁钉钉住的人，但是他执拗地抗拒着束缚和屈辱。他是一位中年人，质朴、粗鲁，带有农民的某些卑贱，但也带有一种顽强的不向境遇屈服的高贵感。这位十字架上质朴的、灵魂几乎一片空白的中年农民静静地反抗着他那痛苦的姿势。他没有屈服。他有坚强的灵魂、坚定的意志。他就是他自己，境遇要怎样就怎样吧，他的命运已经被确定了。

在沼泽地对面有一小块方形的橘黄色光亮，来自一家低矮、带着平展屋顶的农舍。我还记得那个男人和他的妻子、儿女，一直默默地，专心致志地劳动到天黑，在滂沱如注的雷雨中用两臂挟着干草，把它们运到棚中，他们在透雨中默默无言地劳作着。

身体向大地弯曲下去，几乎变成了一个圆，两臂满满地抱着干草，抱紧了干草，干草紧紧贴在胸部、贴在身上，干草刺痛了两臂和前胸的皮肤，干燥了的野草那种催人欲眠的气味充满了胸膛。大雨还在不停地下，两肩早已湿透，衣衫贴在发热而又紧绷的皮肤上，雨水为活跃的肌肉带来了浓重的、愉快的凉意，汇成汩汩细流悄悄冲向两腿之间的凹处，这就是这位农民这种热乎乎的躯体感知的混合。这一切都是令人陶醉的。它令人陶醉得几乎就像一剂安眠药，就像一剂引起快感的药，使人在雨中担起重负，蹒跚着在活生生的青草地上走向棚屋，撒开双臂，把干草抛到草垛上，在干燥的棚屋中享受轻松和自由，然后又回到寒冷的急雨中，重新在雨中弓下腰，负起重物，站起来又回到棚屋。

就是这种无尽的热力、这种身体知觉的警醒才使得身体充实而有力，才使一种血的热力、一种血的休眠冲刷了心灵。而这种休眠、这种身体感知的热力，最终变成了一种束缚，最后变成了一座十字架。它就是这位农民的生命与实现，就是流动的感官体验。但是，最后它几乎把他驱入了疯狂，因为他无法逃避。

因为天空中常有来自高山的神秘光辉，在粉红色沙洲之间向幽黑的松林奔腾而去的冰冷河流也就带有一种诡秘，空中也常常传来冰雪爆裂的微弱声响，传来河水呜咽的声响。

冰雪表面的光辉明亮夺目，永远脱离了生命的流动与温暖。它们在空中超越了一切生命，超越了血液的一切柔和的、湿润的火焰。因此，一个人必须在他自身的虚无之光照耀下生活。

这是一种巴伐利亚高地的人们（无论男人还是女人）所特有的奇异的、清晰的形式美。从外形看，他们高大、鲜明而俊俏，蓝色眼睛非常敏锐，眸子小而集中，犀利的虹膜就像蓝色冰块上闪动着的耀眼光芒。他们粗大、肌肉丰满的四肢、挺拔的身躯独具特色，各自独立，他们似乎是用生命材料完美无缺地雕琢而成的，静穆而与世隔绝。他们所到之处，一切都退去了，就像在明澈的霜冻的空气中一样。

他们的美几乎就是这种奇异的、明显的孤独，他们每个人似乎都要更远地与世隔绝起来，而且与他人永不来往。

然而他们又是乐天的，他们是唯一带有艺术家灵魂的种族，现在他们仍然用完全与众不同的理解演出那些神秘戏剧，他们在山地中唱着奇怪的歌，他们喜欢做戏（make-belief）和哑剧表演，他们的队列和宗教节日极其感人、极其庄严、极其投入。

这是一个在神秘的肉欲快感的极端之间活动的种族。他们的每个姿势都来自血液，每个表情又都是一种象征性的表达。

对于学习而言，这里有感官上的体验，对于思想而言，这里则有神话、戏剧、舞蹈和歌唱。每一种事物都是有热血的，有感觉的。但是，这里没有心灵。心灵充满了肉体的热力，它是不可分离的，它一直被浸没了。

与此同时，在天空中总有来自积雪的永恒的、返照的光辉。下面则是生命，是精妙地活动着的热血的喷涌。而在上面则是来自不变的非有（not-being）的光辉。生命就消失在这永无变化的光辉中。夏日和开满蓝色、白色野花的大地一起逝去了，人类的劳作和欣喜也不复存在，它们变幻为高悬天空的光辉，那光芒四射的寒冷等待着再次收回自始初之日起所曾释放出的一切。

这个问题太明显了，这位农民无从选择。命运在他的上面超然地熠熠闪光，这是永恒的、不可思议的非有的光彩。而这就是我们的生命，就是肉体中劳动与温暖体验的混合，它始终都蒸发成了不变的高高在上的光辉，蒸发成了永恒积雪的光明。这是永恒的问题。

无论是歌唱、舞蹈、戏剧演出或是肉体上爱的狂喜，或是复仇、残忍，也无论是劳动、忧愁或是宗教，这问题最终总是相同的，即：成为永恒的光芒四射的否定。因此才有了这位山地农民的美丽与完美，才有了他的最后结局。他的体形、四肢、面孔和动作，所有这一切都形成了美，所有这一切都是完美的。这里没有流动，没有希望，也没有变化，一切都只是存在，一旦存在，就永远存在。这问题是永恒的，是无所谓时间的，是没有变化的。所有存在和所有经过都是这永恒而无变化的问题的一部分。因此这里没有变化，也没有终止。任何事物都是存在，现在和永远。因此才有这位巴伐利亚农民奇异的美，才有他最后的结局和与世隔绝。

这些十字架含有一种平易。木雕表现了这种精髓。面孔茫然而僵硬，几乎毫无表情。人们吃惊地认识到生活在这些地区的男女的面孔是怎样地没有变化，怎样地习俗化了，它是俊俏的，但是，它像纯美的形式一样毫无变化。同时这里也有潜在的卑琐、遮掩和残忍。它的一切都是美，都是纯粹的、有创造力的美。这个基督的身体也是僵硬和习俗化了的，但他的比例有一种奇妙的美，而且处于使其结合为一件清晰事物的静态张力中。这里没有运动，也不可能有运动。这存在是最后的确定。整个身体都被固定在一种美的、完整的理解中。它与铁钉合而为一了。但这并不是说他就是憔悴的或是死亡。他是固执的，知道自身不可否定的存在，确信感官体验的绝对真实。尽管他被钉在一种不可更改的命运上，但是，在这种命运中，他仍然带有力量，仍然带有一切感官体验的快乐。因此，他以一种意志接受了命运和感官的神秘快乐，他是完整的、终极的。他的感官体验是至高无上的，是生死合一的极致圆满。

在所有时间里它都是如此，无论是在山坡上挥舞大镰，劈砍木材，还是在到处翻滚着冰凌的河流中驾驶木筏顺流而下，也无论是在酒馆畅饮，谈情说爱，或是扮演某个哑剧角色，或是深深地、刻骨铭心地去仇恨，也无论是在香烟缭绕的教堂中由于对神灵的彻底臣服而屈膝跪拜，或是为了田地的丰收而行进在奇异、黑暗的祈神队列中，也无论是为了欢乐的圣体节（Fronleichnam）的宴饮而砍下幼嫩的白桦树，所有这一切都是如此，这黑暗的、强有力的神秘的感官体验就是他的全部，他是无意识的，他被束缚在这个问题的绝对之中，被束缚在巨大的冰冷的非有的不变之中，这个非有是永恒的、至高无上的。

再向前走，向奥地利走去，一直走到伊萨尔河（Isar），河流变小了，水色清淡了，空气也更冷了，也充满了北部山区的魅力，那些山峦因为鲜花而放出奇异的光辉和熠熠的闪光，这一切渐渐消逝了，黑暗和一种不祥之感取而代之。到这里我看到了另一个小的基督像，他似乎才是这个地区的灵魂。这条大道沿河而行，河流奔腾喧响，翻着白雪般的泡沫，两岸是巨石和高耸入云、枝叶伸展的松树，河水在粉红色的沙洲之间滚滚而去，空气寒冷、凝重而高远，一切都是寒意袭人，都是孤零零的。在路边的小玻璃箱里坐着一位小小的、粗粗凿制的基督，他用一只手托着头，疲倦而又顽强地沉思着，出神时两眉奇怪地耸起来，臂肘放在膝盖上。他超然坐在那里，陷入梦境和冥想，头上戴着一顶金色的小荆冠，身上穿着某个农妇为他缝制的红色法兰绒小小衣袍。

毫无疑问，这个小小的表情茫然的基督像，穿着红色法兰绒衣袍，梦想着、沉思着、忍耐着、坚持着，他一直坐在那里。他沉浸在默想之中，似乎他知道一切事物对他来说是太多了。即使在死亡之中也没有解脱。死亡并没有为灵魂的焦虑带来答案。这就是：那存在的就是存在。当它被砍去时，它仍然不失为存在。死亡既不能创造也不能毁灭。凡是存在的就是存在。

这位冥想中的小小基督像知道这些。那么，他又在冥想什么呢？他静态的耐力和宏忍充满渴望。在命运的一切平静中，他悄悄地在渴望什么呢？"是生存还是毁灭？"也许就是这个问题，但它不是要死亡来回答的问题，这不是一个生或不生的问题。它是一个关于存在的问题：是或不是。坚持或不坚持，并不是这个问题，宏忍或不宏忍也不是这个问题。这种结局不就是永恒的非有吗？如果说不是，那么，什么又是有呢？因为在高山顶上积雪不停地在放射着永恒的光辉，它接受了所有的生命之花，没有变化，这结局是光明的、不朽的，是白雪般的非有。那么，什么是有呢？

当人们接近阿尔卑斯山的转折点时，走向顶峰和南坡的时候，就会再次感觉到文明之邦的影响。巴伐利亚在精神世界是遥远的，就像一片处女地。那里的十字架是古旧的、灰色的，冷漠的，就像真理的内核一样小。向前走近奥地利，十字架开始变新了，它们涂着白漆，它们也变得大起来，也更加引人注目。它们表达了一个更晚近的时期，带有更多的内省和自我意识。但它们仍然是人们灵魂的真实表现。

　　人们常常能够在一个地区内的这个或那个地方辨认出某位特定艺术家的作品。在策姆（Zemm）谷地、在蒂罗尔州的中心地区、在因斯布鲁克后面，有五六个十字架出自一位雕塑家之手，他再也不是一位构思一种概念、表达一种教条的农民了。他是一位艺术家，受过艺术教育，他有自己的意识，也许他就在维也纳工作。他有意识地在传达一种情感，他再也不是笨拙地刻意去表现一个真理、表现一个宗教事实了。

　　他制作的最大的一座十字架树立在克拉姆的深处，在总是一片漆黑的阴湿峡谷中。这条大道两旁是巨石和树林，在关口一侧的半山腰上穿行。下面则是日夜奔腾的溪流，在大石之间翻滚着，发出永无休止的震耳咆哮。路那一边的巨石在高处耸立着，上面是深远的天空。因此，人们总是在一片漆黑中、在阴间世界中行走。在这条路下面，驮马攀登着走向遥远的、闭塞的村庄，而就在这条路的下面，在寒冷、昏暗的山口悬挂着一个高大、苍白的基督像。这个基督像比真人的比例还大。他向前倾斜着，刚刚死去，那完全发育成熟的身体的重量凭靠钉在手上的铁钉悬挂着。因此这死去的、沉重的身体向前低垂着、松弛着，好像由于自身的重量将会被扯断、跌落下去。

　　这是终结。那张面孔毫无生气，由于疲倦表情变得呆滞，由于痛苦和悲哀变得残酷了。那张极丑陋、充满激情的嘴永远都处于死亡的幻灭中。死亡就是彻悟，它像封条一样包住了整个身体和存在，包住了苦难和疲惫，也包住了肉体的激情。

　　山口幽暗而潮湿，河水在不停地喧嚣，直到它变成了一种无休止的痛苦。当驮马的驭手攀登到峡谷一侧狭窄的小道时，他那充满生机的快乐萎缩了，他自己似乎也不见踪影了，他走近了这座高大、苍白的基督像，经过那里的时候，他摘下了帽子，却没有抬头向上望去，他把目光躲开了十字架。他在幽暗中加快了脚步，跟在驮马后面在陡峭的小路上攀登着，高大、苍白的基督像悬在高处、伸展着。

　　驮马的驭手恐惧了。在那儿他总是感到恐惧，尽管他身体健壮，强大有力。他的灵魂却不健壮。由于恐惧，他的灵魂畏缩了、苍白了。头上的高山黑漆漆的，下面的河水在幽暗中轰鸣着。他的心灵在恐惧的磨石上遭受着碾压。当他走过死去的基督伸展着的躯体时，他脱帽向死神致敬。基督就是死神，他就是死神的化身。

驮马的驭手把死去的基督当作至高无上的神。这位山区的农民似乎被恐怖、被死亡的恐怖、被肉体的痛苦碾压着。除此之外，他一无所知。他最突出的感觉就是肉体的痛苦。这痛苦已经达到顶点。他伟大的顶点，他的极致就是死亡。因此，崇拜死亡，在它面前膜拜，而且一直为它而神魂颠倒。死亡，这是他的圆满，而且他是通过肉体的痛苦而走向圆满的。

因此，在这些谷地到处可以看到这些为肉体死亡而建立的纪念碑。向前不远，在一座桥的尽头，那双雕刻了这座高大基督像的手又制造了另一座十字架，这个要小一些。这位基督长着一副漂亮的胡须，身体瘦长，他的身体几乎是轻轻地悬挂着，而之前那个基督像则高大、黝黑，而且俊俏。但是，在这个雕像以及那个雕像中都含有对死亡的同样中庸的胜利，这死亡是完全的、消极的死亡，它是如此完全，似乎成了抽象，在其完全的停息之中超越了愤世嫉俗。

到处都是这种对肉体痛苦，对不幸事故，对突然死亡的事实的执迷。无论什么地方的一个男人遭受了不幸，那里都会为这次灾难树立起一块小小的纪念碑，以抚慰伤害和死亡之神。一个男人站在齐胸深的水中，在滔滔溪流中溺死了，他高举着两臂。一棵树上钉着一个木框，其中有一幅小画，这块地方就是为这次不幸献给神明的。另外，在一块岩石上还贴着一幅粗略的小画：一棵树砸在一个男人的腿上，就像砸稻草一样把它砸碎了，鲜血迸流。在发生灾难的地方钉着一幅幅小画，其中常常会涌出不可思议的极度痛苦和恐惧。

因此这就是崇拜，这就是对死神，对走向死神、走向肉体暴虐和痛苦的途径的崇拜。关于这崇拜，这里有某种残酷和不祥的东西，几乎就像堕落一样，是一种复归的形式，它沿着我们走来的血液途径返转回去。

　　在这条通向南方的、走向罗马的皇家大道上，翻过山脊，就发生了决定性的变化。这些基督雕像被赋予了种种不同的特征，它们多多少少都得到了逼真的表达。有一个基督的雕像很优美，梳理整齐的头发，经过精心打扮，还有些浮华气息，钉在十字架士，就像加布里埃尔·邓南遮❶的儿子装扮成殉道者的样子。这个基督雕像的殉难形象是按照最优雅的习俗塑造的。这种优雅很重要，也颇具奥地利风格。人们几乎可以想象，这位年轻人做出这个引人注目的、独特的姿势，是为了引起妇人们的欢喜的感觉。这非常符合维也纳人的精神。同时，其中也含有某种勇敢和热切的东西。个别的肉体骄傲地战胜了这境遇中的一切困难。用清晰、优雅的形式表现出来的骄傲与满足，那修整得无可挑剔的头发、那高雅的风采，比起死亡与痛苦米都更重要。也许这是愚蠢的，但同时又令人赞叹。

　　将近通向南方的山脊时，十字架的旨趣变得柔弱、感伤了。那些基督雕像都仰起头，非常引人哀怜地翻起眼睛，明显地带有吉多·列尼❷的风格。他们哀婉动人的情调有些过分。他们望着天空自伤自怜地思索着。另一些雕像则像挽歌一样美妙。这是被提起来、被伸展开来、让人观看的死去的海阿辛斯❸。所有这一切都包容在美妙的、死去的青春之中。这青年

---

❶ 加布里埃尔·邓南遮（Cabriele D'Annunzio, 1863～1938），意大利作家、诗人、小说家和冒险家。他著名的作品有《玫瑰小说》三部曲，颓废主义在这部小说中占主导地位，剧本《琪娥康陶》宣扬了唯美主义，剧本《战舰》鼓吹民族沙文主义、扩张主义。在第一次世界大战中，他极力鼓吹军国主义，志愿入伍，到前线作战，驾驶飞机时，一只眼睛受伤失明，被迫退伍。一九三七年任意大利科学院院长。——译者

❷ 吉多·列尼（Guido Reni, 1575～1642），意大利画家，他的绘画优雅，色彩丰富，以文艺复兴风格著称。他以伤感手法处理宗教题材，他的蚀刻画很著名，同时他也是应用彩色粉笔的先锋。——译者

❸ 海阿辛斯（Hyacinth），希腊神话中的植物神，他是斯巴达王阿美克拉斯的儿子，是一位美少年，太阳神阿波罗和风神泽费罗斯都喜欢他，而他只对阿波罗报之以爱。风神泽费罗斯则妒火中烧，在他和太阳神玩掷铁圈的游戏时，用大风把铁圈击到海阿辛斯的头上，他流血过多而死。在他的血染过的地方长出了美丽的鲜花，这就是风信子花。在阿麦克莱地方，人们把海阿辛斯当作英雄崇拜，因此也热爱与他同名的风信子花。——译者

男子的身体在十字架上向前低垂，就像一朵死去的花。看起来它唯一真实的本性就是要去经历死亡。死亡是多么可爱、多么强烈、真实和令人满足呵！这是真正的挽歌精神。

然后这里还有一些普通的、工厂制作的基督像，它们并不十分显要。它们就像我们在英国看到的那些基督像一样毫无生气，完全是无聊的俗物。这些人物带有一些红色的伤口，一种令人刺激的鲜血的红色颜料。

过了布伦纳山口，我看到的只有粗俗的或矫揉造作的十字架。在基督像的胸膛和膝盖上有一些很大的伤口，流出的鲜血往下滴着、淌着，钉在十字架上的身体变成了红白条纹相间的可怕形象，它完全是一个涂着血的红道子、令人厌恶的东西。

在大山之中，在道路的转弯处，巨石被涂上了颜色。一个蓝色和白色涂成的圆环指向通往吉恩茨令的道路，一个红点则指向通往圣雅各的道路。因此人们可以根据情况，或顺着蓝白色的圆环，或顺着三条蓝白相间的条纹，或顺着红点向前走去。那些巨石上的红色，那轻轻刷上的红色颜料，与十字架上的红颜料完全是同一种颜色，因此，十字架上的红色也是颜料，而在巨石上的标记则像鲜血一样刺人眼目。

我想起了在伊萨尔河的那个小小的正在郁郁沉思的基督像，他穿着红色法兰绒小长袍，戴着金黄色的荆冠，尽管有这样粗暴的表现，在我看来，他依然是真实的、可爱的。

"这光荣的小帽子，冒充好汉的人，你这法兰绒的帽子呵，"❶为什么它让我如此喜爱，他那用红色法兰绒制成的小长袍？

刚刚过了桥，在靠近圣雅各的一个峡谷中，离铁路很远的地方，在道边有一个很大、很显要的神龛。这是按照巴洛克风格建造的小教堂，从外面看是华丽的粉红色和乳白色，还有几个豪华的小拱门，而在内部则是

---

❶ 原文为 "*Couvre-toi de gloire, Tartarin—couvre-toi de flannelle*"。——译者

我曾看到的最令人惊奇、感人的救世主。身材高大、强壮、有力，坐在十字架后面，也许是在复活之后，在坟墓旁坐着。他斜侧坐着，似乎已度过了那个绝境，那绝境已经完结，焦虑不安已经过去，留下的只有体验的结果。他那极笨拙地坐着的、强壮有力、裸露、被击败的身体上带有一些血迹。但是，他的面孔太可怕了。他轻轻转过头来，从宽厚、被钉过十字架的肩头上望去。他的身体已经被杀死了，这个曾经被杀死的身体的面部表情可怕到极点。他的两眼看着一个人，然而这两眼又没有看见什么，它们看到的似乎只有自己的鲜血。因为两眼的眼白变成了血红色，虹膜变成紫色的时候，这双眼才充满了血。这双红红的、血糊糊的眼睛的眸子浑浊了，可怕地扫视着每个走进神龛的人，似乎要看穿最近的残酷杀戮流出的鲜血，它们令人恐怖。这裸露的、强壮的身体已经领教了死亡，他极度沮丧地坐在那里，完结了，笨拙地，感到沉重的羞辱。在面孔上还留有生命的余烬，他不祥的表情令人恐怖，仿佛铁石心肠的罪犯受酷刑时的表情。从罪犯般固执的、受到污损的面孔上可以看到痛苦与仇恨，但在血红的双眼中却几乎依然是不肯屈服，他被抓获了、遭受了拷打，遍体鳞伤，整个身体已是血肉模糊，这乃是不可思议的奇耻大辱。但是，他的意志依然难以制服、依然是邪恶的，而且还带有刻骨铭心的仇恨。

在我们心目中，阿尔卑斯山谷地到处都是鲜花，都是浪漫，就像泰特美术馆中的绘画一样，但在这些谷地中，看到一座堂皇的、巴洛克式的、淡淡涂着粉红色彩的神龛中坐着这样一位人物是令人大为震惊的。"奥地利的蒂罗尔之春"，在我们的想象中，是一派淳朴的、爱的景象。这里也有这样一座基督像：他高大的身躯被酷刑和死亡污损了，他强有力的、雄健的生命力也被肉体的暴虐征服了，但那双眼睛仍然充满血丝，极度仇恨，极其痛苦地向后望去。

这座神龛保护得很好，显然香火很旺盛。这里挂着为了还愿而奉献的一些牲畜的肢腿和各色献礼。这是个崇拜的中心，但这种崇拜多少有些淫秽。在其后面，谷地的黑色松林和河流似乎也是不洁的，仿佛弥漫在这里的不洁的精神一样。就是那些花朵似乎也不是出自大自然的创造，山顶上白色的光芒则反射了无以复加的愤世嫉俗的恐怖之光。

走过了这里，在一些人口稠密的谷地中，所有十字架都或多或少受到污损，都是粗俗的。攀到高处，那里的十字架变得越来越小，而只有在那里，才能看到一些古老的美和宗教。越往高处攀登，纪念碑也就越小，最后在积雪中，纪念碑立在那里就像一个木桩，就像一个箭头朝上立在那里的粗大的箭。在尖尖的像箭头一样的篷顶下面，十字架本身就很小了。

在小小棚子下面，风雪吹打着那小小的、露在外面的基督像。四周是一片坚硬的、白皑皑的积雪，是高山顶上纯白色的、可怕的弧线和低凹地，是各个山峰之间的白色空谷，正是在这里，这条路越过了这山口最高的山脊。那里立着最后的一座十字架，它只露出了一半，由于积雪的簇拥，显得很小。向导们慢慢地、吃力地跋涉着走过去，不去看这十字架，也没有致敬。再向下走去，每个山民都脱下了帽子。但是，这个向导仍然不在意地跋涉着。现在他感到自己的职业是值得骄傲的。

在离莫兰不远的地方，在焦芬山口的一条高山小路上，我看到一个倒下的基督像。我匆忙赶下山去，为了躲避那场几乎把我冻得失去知觉的冰冷刺骨的寒风，我抬头望着四周熠熠闪光、永远没有变化的积雪山峰，它们就像永不毁坏的利刃插在天空中。我几乎撞在一块非常古老的耶稣受难纪念碑上。它靠在寒冷的、多石的山腰上，四面高空中都是白皑皑的雪峰。

木制的篷顶由于岁月剥蚀已经变白发灰了，它的顶上覆盖着一层厚厚的地衣，一丛丛白茸茸地贴在上面。但在木桩脚下的岩石上，是那个倒下的基督像，已经失去了两臂，他扑倒了，躺在地上，姿势很不自然，这裸露的、古时的木雕的身躯躺在同样裸露却有生命的岩石上。这是用原木凿成的许多古老而又粗陋的基督像中的一个，长长的四肢，形状像木楔一样，他的双腿瘦而扁平，显示着那种纯粹的精神，那种要传布宗教真理而不是一种感官体验的愿望。

　　倒下的基督像的臂膀从肩部折断了，悬在铁钉上，就像挂在神龛中为还愿而奉献的牛腿羊腿。但这两支臂膀在钉在十字架两端的手掌上晃来晃去，在古老的木头上瘦瘦地雕出的肌肉看起来面目全非，上下颠倒了。冰冷的寒风把它们吹得荡来荡去，因此，给人一种很痛苦的印象，这儿是由石头和寒冷构成的光秃秃的不毛之地。我依然不敢触摸基督像倒下的身体，它在木桩脚下仰面躺着，姿势很怪诞。我在想，谁会到这里把这破损的东西拿去呢，拿去又是为了什么目的呢？

在加尔达湖上

第一章

纺纱女和僧侣

圣灵是一只鸽子，也是一只鹰。在《旧约》中，圣灵是一只鹰，在《新约》中它是一只鸽子。

而在这里，站在基督教世界之上的是那些鸽子的教堂和鹰的教堂。另外，世界上还有一些根本不属于圣灵的教堂，建造它们纯粹是出于爱好和逻辑，比如伦敦的雷恩教堂。

那些鸽子的教堂是害羞而隐秘的：它们在树林中做巢，它们的钟声带有主日的醇美，或者，它们在城市的正中心、在自己的静穆中聚会，这样在人们从旁走过时也不会注意它们，仿佛它们是无形的，对车水马龙的喧嚣没有任何反抗。

但是，鹰的教堂却高高地矗立在那里，昂起头向着天空，它们似乎在向下面的世界挑战。它们是大卫精神的，它们的钟声激昂、专横地落在下面谦卑的世界上。

圣方济各教堂就是一个鸽子的教堂。我几次从它旁边走过，在黑暗、沉静的小广场上，我竟不知道它是一座教堂。它那粉红色的墙壁是所谓的闷墙，没有窗户，不引人注目，也没有任何标记：除非人们看到它们门上挂着的棕褐色帘子和它下面的一条黑影。尽管如此，它仍然是村中的主教堂。

　　但是圣托马斯教堂高高在上，俯瞰着村子。许多次我向下走进这鹅卵石铺砌的、陷在低处的街道，我在房屋之间向上观看，我看到在亮光中，耸立着一座单薄的古老教堂，似乎它就栖息在一片屋顶上。它灰色的瘦弱的脖颈被僵硬地提起来，在外面人们可以看到黑色的树叶和高高的山腰。

　　我常常看到它，但在很长一段时间里，我从来也没有真正地感到它的存在。它就像一个幻影，像一个可望而不可即的东西。在屋顶之上，它远远地站在那里，映衬着长满树叶的山坡的迷人风采。我消失在村子里，走在起伏不平、鹅卵石铺砌的街道上，两旁是古老的高墙，是洞穴般的商店和砌着长长石阶的房屋。

　　很长时间，我都是凭着这教堂在中午和黄昏时分敲响的那专横、锵然的钟声感觉到时光的流逝，那钟声撒到房屋上，撒到湖畔。即使如此，它也没有令我去追寻这钟声来自何处。最后我每日的恍惚终于被打破了，我知道了圣托马斯教堂的钟声。这个教堂成了我的生命纽带。

　　于是我出去寻找它，我想走进这个教堂。它离得很近。我从湖边的村中广场就可以看到它。这个村子本身也只有数百名居民。教堂肯定不过一箭之遥。

　　然而我却找不到它。我从住房的后门走出来，走进后街窄窄的洞谷中。妇人们从石阶顶上向我瞥视，老人们则在浓密的墙影中扭着身子，半蹲式地注视着我。仿佛那是些阴影中的怪物在看着我。而我则是来自另一个种类的。

　　意大利人素以"太阳之子"著称。但是他们还是被称为"阴影之子"为好。他们的灵魂是阴暗的，喜好夜间活动。如果他们要自在地活动，他们肯定会躲起来，躲在黑暗的角落和洞穴里。在村中这些窄小、杂乱的后街穿行，就像在由诡秘的生物建造的迷宫中探险一样，他们注视着另一个种类的活动。我就像光线一样是淡白的、豁然的，转瞬即逝的，而他们则是阴暗的、封闭的、恒定不变的，如同阴影一般。

　　因此，在村中这些蜿蜒曲折的、狭窄的、深陷的道路中，我备受折磨。我找不到路。我匆匆向着一条街道破败的尽头走去，在那里，阳光和橄榄树犹如幻影出现在我面前。从那里向上我看到了古老的圣托马斯教堂瘦瘦的、僵直的脖颈，在阳光中灰而苍白。但是我却无法走进教堂去，我发觉自己仍然待在广场上。

然而另一天，我发现了一个破损的楼梯间，梯阶的坍塌造成一些缝隙，里面长满了野草，而在墙壁的阴面垂着一些铁线蕨。我很不情愿地走上去，因为意大利人会在任何深巷便道随处方便，他们就把这个破旧的楼梯间当作厕所了。

但是，当我跑上了破损坍塌的楼梯间时，突然，仿佛遇到一个奇迹，在明媚的阳光下，豁然开朗地站在我的圣托马斯的平台上。

这是另一个世界，这是鹰的世界，是极为抽象的世界。这里到处是明澈的、洒向万物的阳光，还有悬在光明中的平台。而就在下面，则是参差不齐的、盖着瓦片的村舍屋顶，在它们下面更远处是白蓝色的湖水；对面，对着我的面孔和胸膛，是湖对岸山峦上灿灿闪光的积雪，看起来仿佛和我一样高，当然实际是非常之高的。

现在我站在天空之中，从我脚下用鹅卵石铺砌的四方形阶地向下凭眺，这块阶地就像古代教堂的门槛，已经磨损了。阶地四周环绕着一道低矮宽阔的墙，这就是我攀登上来的、曾经远在天边的高山的顶盖。

在蓝色湖面上有一面鲜红色的帆，像一只蝴蝶停歇在那儿，而在湖近岸的土地上，散发着橄榄树灰绿色的雾霭，迫近、包围了一片片土色的屋顶。

我常常这样想：圣托马斯和它的阶地就悬在村庄的上空，就像雅各梦中见到的天使上下的天梯最后的一阶。在其后面，隆起一片高地。但是，圣托马斯的阶地从空中引下来，却没有触到地面。

我走进了教堂。里面暗极了，数百年的香火烛烟把它熏黑了。它仿佛是某个庞然巨兽的巢穴，令人毛骨悚然。我的神经紧张起来，在热烘烘、充满香气的黑暗中，我所有的感觉都被突然惊醒了。我的皮肤期待着，似乎期待着某种触摸、某种拥抱，它似乎意识到一个物质世界近在咫尺，肉体与黑暗和凝重的接触，使我意识到四面包围的乃是一种物质。它是厚重的，在感觉中它是浓烈的一团漆黑。可我的灵魂却退缩了。

我又走到外面。铺砌而成的门槛像珠玉一样明净。阳光那神奇的清澈在高处变成了蓝色，它似乎要把我也净化到这阳光之中。

在湖对面，群山沿着湖畔蜷伏着，山的上半部白得耀人眼目，它是属于天空的，而下半部则是黑暗、冷酷的。啊，这里就是天地的分界线了。在左侧，一个山岬从我身后一块巨大的、灰色的、干旱的高地探下身来，穿过一片黄褐色和深红的颜色，与橄榄树的雾霭和平地上的湖水连接在一起。而在中间仿佛有一把倚天利剑把大地劈开了一样，展现了一个淡白而泛着蓝色的湖，天空胜利地把大山与大山分开了。

于是我看到一块硕大的蓝色格布铺展在我面前的女儿墙上，铺在天国的女儿墙上。我不知道它为什么悬挂在那里。

转过头去，在阶地的另一面，有一丛马蹄草，从灰色墙壁上垂下来，像血一样的鲜红，在下面站着一位小小的灰色妇人，她的手指在忙碌着。也像这灰色的教堂一样，她让我觉得自己似乎已经不复存在。我漫步在这天国的女儿墙旁边，向下张望。她却在那丛马蹄草下靠着坚实的墙壁站着，既没有让什么人看到，也没有去看什么。她就像一块大的土块，她是这因阳光而褪去颜色的阶地上的一块活石头。她没有看到我，她正踌躇地向下面的大地张望。她在因阳光褪去颜色的坚实墙壁下向后退去，像一块石头滚下来而停在罅缝中。

她用一块暗红色头巾裹着头，但她那一绺绺很短的头发犹如脏污了的白雪，在耳朵上支立着。她在摇着纺车。我颇费心思，不知道能不能向她那边走去。她全身都是灰色的。她的围裙、衣服、头巾、她的手和脸，都因阳光而褪去了颜色，也都因阳光而染上了颜色，泛着灰色、泛着蓝色、泛着褐色，像那些石块，也像那些失去颜色的叶子，没有颜色而映着阳光。我穿着黑色外衣，我感到自己是一个错误，是一种虚假，是个外来者。

她正在本能地纺线，就像一阵轻风。她的臂下夹着一个用黑色老木制成的纺线杆，这不过是一根直直的木棍，末端有个把手，就像用发黄的手指满满地抓着的，一团黑中泛黄的羊毛，她把它抱在肩下。她本能地用手指从上面扯下一缕缕羊毛。然后把它们挂在脚边，与一条黑线纺在一起，她的织梭仿佛乘着一阵轻快的风不停地纺着，她的绕线管绕着她纺成的粗糙发黑的毛线转动着，渐渐肥大起来。

她的手指一直都在不假思索地扯起羊毛，把它向下牵到一个大致规整的厚厚的毛团上，褐色的饱经岁月而又不加修饰的手指在睡意蒙眬中忙碌着，拇指长着长长的灰色指甲，它不时地与食指一起迅速地把悬在围裙前面的毛线向下一搓，沉甸甸的绕线杆转得更轻快了，在把羊毛向下扯去时，她又摸了摸它们，而且捻一捻从那儿引出的毛线，绕线杆很快地旋转着。

她的眼睛像天空一样清澈，蓝而深邃，而且透明。这双眼睛是清澈的，但是它们却没有神采。她的面孔像一块被日月剥蚀了的岩石。

"你在纺线吗？"我向她打招呼。

她向我瞥了一眼，却并不打算细看。

"是呵，"她回答道。

她看到的只是一个男人修长的身影，一个陌生人，站在近旁。我带着一些外乡人的气息，是无足轻重的。她毫无反应，就像山腰上一块古老的岩石一样醒目而又持久不变。她身材矮小却很健壮，注视着身前很大一块地方，她并没有看着那些毛线，只不过不时漫不经心地、无意识地瞥上一眼。比起那阳光、岩石和在她上面的一动不动的马蹄草丛，她多少还有一些生气。她的手指一直沿着胸前的一缕羊毛在滑动。

"这种方法太古老了，"我说道。

"什么？"

她抬起一双像天空一样清澈的眼睛看着我。她只是略微提起了一点精神。在她转过身来看我的时候，有一种鹰一般轻微的动作，她的双眼射出一道微弱却又犀利的目光。这是我所不习惯的意大利人。

"这种纺线方法太古老了，"我又重复了一句。

"不错，是老方法，"她重复着，似乎这些话对她来说应该是很自然的。在她看来，我只不过是个匆匆过客，是个男人，是周围的一部分。我们分享了说话的天赋，如此而已。

她用那双奇妙的、没有变化的眼睛又瞥了我一眼，这双眼睛就像那看得见却又无以名状的天空一样，或是像两朵在纯然、明澈的无意识中开放的花朵。对她来说，我只是周围环境的一部分。仅此而已。她的世界是明朗的、纯粹的，没有自我意识。她没有自我意识，因为她并不知道除了她的世界以外，世界中还有任何东西。在她的世界中，我是个陌生人，一个外国先生（*signore*）。我有一个属于自己而不属于她的世界，是她想象不出的世界。她并不在意。

我们对星辰也是这样想的。人们告诉我们，它们是另一个世界。但星辰是我们世界的夜空中或疏或密的闪光。当我在夜间回家时，我就会看到星辰。当我像尘埃般不复存在时，当我想到宇宙时，星辰则又是另一个世界了。于是大千世界吸收了我。但大千世界并不是我。它是某种不同于我这一粒尘埃的东西。

因此世界上有某种我所不知道却又存在的东西。我是有限的，我的理解力也是有限的。宇宙比我所能看到的东西都大，无论是在心灵中，还是在精神中。这里有那种不属于我的东西。

如果我说"火星这个行星是有人居住的"，我并不知道"有人居住"对火星这个行星的含义是什么。我只能知道它的含义是：那个世界不是我的。我只能知道这里有那种不是我的东西，我是尘埃，但，大千世界也是那不属于我的东西。

阶地上阳光中的老妇人并不知道这一点。她自己就是世界的内核与中心，就像太阳和整个苍穹。她知道我是来自她从未见过的国度的居民。但这又怎样呢？她自己身体的某些部分她也从未看到过，从生理学上讲，她永远也不可能看到。因为她从未看到过它们，这些部分仍然是她本人的。她没有看到过的国度就是她本人活生生的身体的共同部分，她没有获得的知识只不过是关于她自我的隐含的知识。她是知识的本体，无论她的头脑中是否包含了这知识。从根本上讲，世界上没有什么东西不是她本人的。甚至这个男人，这雄性的生物，都是她的一部分。他是活动的，可以分离的部分，因为在某种时刻他接受了她的服务，他依然是她的。如果世界上的每个苹果都被一分为二，那么，苹果就不可能再被改变了。现实就是苹果，在半个苹果中，现实与在整个苹果中是完全一样的。

她，这位年老的纺纱女也是苹果，甚至在她的局限中，她也是永恒的、不可改变的、完整的。正是这一点，使她看到了神奇的、清晰的无意识。如果一切都是她本人，她又怎么能意识到自己呢？

她向我说起死了一只绵羊，因为她的口音我听不懂她的话。她一点也不知道我听不懂。她只是认为我与众不同，愚蠢。她还在不停地说。那些母羊已经住在房屋里面了，这房屋分出了一部分给公羊住了，因为别人把他们的母山羊带来与公山羊交配。但是那母山羊是怎样死的，我听不懂。

她的手指一直都用微小的、有些烦躁不安的动作工作着，像蝴蝶那样本能地飞来飞去，她用我听不懂的意大利语很快地唠叨着，同时还看着我的脸，因为她在讲故事，她多少打起了精神。但是，外形并无变化。她的眼睛仍然像天空一样坦率、开阔、没有意识。只是这时或那时在这双眼睛中似乎有一种机警的意志向我射来，仿佛要把我控制住。

她的织梭在一棵枯死的菊苣上卡住了，再也不转了。她并没有注意。我弯下腰折去那些细枝。那里还有一些微弱的绿痕。看到我在做这些事，她只是从那棵菊苣后退了几英寸。她的绕线杆松了下来。

她继续讲自己的故事，奇异地看着我。她似乎就像《创世记》，就像世界的开端，就像第一次清晨。她的眼睛就像天地间的第一个清晨，永远不老。

她的线断了。她似乎并不在意，而是机械地拾起织梭，绕上一段毛绒线，与她的羊毛线接起来，让绕线杆再转起来，然后用她那半亲切、半无意识的风格又聊起来，仿佛她正与我身上的她那个世界说话。

她就这样站在小平台上、站在阳光中，年老却又像早晨一样，挺拔而孤独，因为日晒而增加了色泽，同时也因为日晒而褪去了颜色，而我就在她的肘边，像一片夜色、一片月光，微笑着站入她的眼中，唯恐她会否认我的存在。

她这样做了。她不再说话了，也不再看我，只是继续纺线，褐色的织梭轻快地卷动着。于是她站起来，融在阳光和天空之中，她没有看我，也没有看从她头顶上方悬挂下来的染着深暗颜色的马蹄草丛。对我看也不看，我在她身旁等待着，就像白日天空中的月亮，被更亮的光辉遮没了，被抹去了，尽管我穿着黑色的衣服。

"纺这么多线，你要花多少时间？"我问道。

她停了一分钟，瞥了一眼绕线杆。

"这么多吗？我不知道。一两天吧。"

"你干得很快呀。"

她看着我，似乎有些怀疑和嘲讽。然后她十分突然地走向前方，穿过阶地走向正晒在墙上的那大块的蓝白格布。我犹豫了。她已经把她的意识从我这里切断了。于是我转过身跑开了，一步两个台阶地躲开了她。不一会儿，我来到两道墙壁之间，向上爬去，躲了起来。

女教师曾告诉我，我在圣托马斯后面会找到雪花莲。如果不是她断言具有这样确实的知识，我就会怀疑她对*perceneige*这个字的翻译。她一直都认为那是圣诞玫瑰❶。

无论如何，我还在寻找雪花莲。那些墙壁突然断裂开来，我顺着一条

---

❶ Christmas roses，一种深黑色叶子的常绿植物，在冬季开白色或紫色花朵。植物学名通常被译为"波儿黑"，为了一般读者便于阅读，在此直译为圣诞玫瑰。——译者

小路来到外面一座绿茵茵的橄榄树果园中。这条小路旁边是一堆堆坍塌的长满青草的石造建筑。于是我来到一条陡峭的小峡谷的边缘，峡谷底下有一条溪流正沿着斜度很大的坡面湍急地向那湖奔流而去。我站在这里寻找我的雪花莲。长满绿草而又多石的溪岸在我脚下倾得很陡。我听见溪水在下面深深的阴影中潺潺流去。在昏暗中有一些淡淡的斑点，但我知道这是樱草花。于是我攀援而下。

向上从飘在裂缝中的浓浓阴影望出去，我可以看到就在天空中立着一些灰色岩石，在纯净的苍穹中超凡脱俗地闪闪发光。我在想："它们真有这样高吗？"我不想说："难道我就这样低微吗？"但是我感到很不自在。无论如何，这是一个可爱的地方。在这个无所不容的、寒冷的阴影中，如果忘掉了远在天空中闪闪发光的岩石，这里就是一个完整的、没有阴影的阴影世界了。在裂缝中，黑暗、陡峭的岩面上，到处都是一丛丛盛开的、淡淡的樱草花，蕨的长舌低垂下来，在灌木丛的枝条下面这里那里都是一簇簇破损了的圣诞玫瑰，几乎开败了，但在这寒冷的角落里依然开放，这些可爱的幼芽就像一捧白白的雪。在冬天的阴影中，溪涧中到处都是圣诞玫瑰，如此稠密、如此华贵的幼芽，因此，这几朵残留的花朵很难引人注意。

于是我只好采摘一些樱草花。它们带着大地的芬芳，带着空气的芬芳。这里没有雪花莲。前天我找到了满岸的藏红花，这些花朵淡淡的、弱弱的，丁香花的颜色中长着深暗的叶脉，在橄榄树下的草地上泼辣地挺立出来，仿佛是无数丁香色的小小火焰。我极想找到悬在阴暗处的雪花莲，但是，这里一朵也没有。

我采了一捧樱草花，然后突然又迅速地攀出了深深的河床，急于在暮色降临前回到阳光下面。在上面我看到了挺立在撒满阳光的金灿灿的草地上的橄榄树。阳光照耀的灰色岩石显得无比高大。我担心黄昏会在我像一只水獭般在潮湿、阴暗中摸索时就降临了，那样这阳光灿烂的日子就结束了。

很快我又攀到阳光下面，来到橄榄树下的草皮上，不再担心了。这是放射光明的上层世界，我又安全了。

所有的橄榄树都被采摘过了，水磨日夜不停地转动着，制橄榄油的时候，在湖边散发出强烈、辛辣的香味。小溪淙淙流淌而下。一个赶骡人在维齐查（Vecchia）公路上大声吆喝着几匹骡子。在上面，努瓦（Nuova）公路是一条美丽的新的军用公路，它在山边盘旋着，几个转弯很漂亮，通过几座清晰跳跃的桥，它几次跨过了这条溪流，在离湖面很高的陡坡上蜿蜒，向着奥地利边境弯弯曲曲迤逦而行，美丽而优雅。在奥地利边境，公路到了尽头：高高地与可爱地盘旋着的公路连在一起，在黄昏明亮的阳光中，我看到一辆小牛拉的四轮货车像幻影一样行进着，尽管我听到了货车的铿锵声响和牛鞭清脆的响声在我的那些车子近旁回荡。

上到那里，一切都是明朗的，都因日晒而加深了颜色，明亮的灰色岩石与天空与黄褐色的草和灌木丛、棕绿色的柏树尖顶，还有婷婷袅袅向下飘向湖畔的橄榄树灰绿色的烟云混为一体。那里没有阴影，只有朗朗的阳光实体聚集起来升向天空，小牛四轮货车沿着军用公路最高的台地在高高的阳光中缓慢地移动着。我坐在午后超然的、温暖的宁静中。

四点钟，汽船正从奥地利那一端缓缓地在湖面上驶去，在峭壁下蠕动着。远处，在岛的外面，维罗纳那一侧，熔化在朦胧的金光中。对面的山峦如此静寂，我的心似乎都在搏动中沉静下来，好像它也应该是静寂的。一切都是完美的沉寂、纯然的物质。在下面世界的平面上行进的小汽船和公路上的那些骡子都没有投下阴影。它们也是纯然的太阳物质，它们正在用太阳制造的世界的表面上行走。

一只蟋蟀在我旁边跳跃。这时我想起了今天是星期六下午，世界奇怪地停顿下来。这时我看到正在我的下方有两个僧侣在花园中裸露的骨瘦嶙嶙的藤萝间散步，他们正在长着枯瘦藤蔓和橄榄树的荒凉花园中散步，他们棕色的僧袍在棕色的藤株间穿行，阳光照耀着他们的头，当他们的脚从裙子下迈出时，有时也会闪现出一道光线。

世界是那样寂静，一切都是如此恰到好处地停顿了，以致我感觉到了他们正在谈话。他们用僧侣特有的步伐：一种大而懒散的步子走着，他们的头碰到一起，他们的裙子缓缓地摆动着，两个棕色的僧侣的手隐在袍下，在骨瘦嶙嶙的藤蔓下、在甘蓝地旁边遛着，在说悄悄话时，他们的头总是碰到一起。我隐秘的心灵好像也加入了他们听不见的低语。我一直都默默地坐着，我与他们结为一体了，我也是一位参与者，尽管我听不见他们说话的声音。我的目光追随着他们遮在裙下的脚所迈出的大步，他们这些步子没有弹性地、悄然无声地从花园一端遛到另一端，然后再折回来。他们把手垂在两侧，隐在他们法袍的长袖和裙子中。走路时，他们谁也不碰谁，而且也不打手势。除去大而诡秘的步子和靠向一起的头，什么动作也没有。但是，他们的谈话有一种渴望。仿佛幽灵般的生物从它们寒冷、隐蔽的地方冒险跑出来一样，他们在荒凉的花园中走来走去，以为没有人能看到他们。

在他们对面的上方，有一片微弱、令人振奋的耀眼的白雪。他们从来不向上看。他们散步时，这耀眼的白雪开始放光了，天空中这条长长的白雪奇妙、微弱、空灵的辉光在黄昏时分开始点燃了。另一个世界的寒冷而珍奇的夜降临了。它在对面长长的山巅上优美的、冰似的玫瑰色中初露端倪。在这第一道低处的阴影中，这两位僧侣走过来又走回去，不停地说着。

我注意到在蓝色天空中，在颜色显得淡薄的白雪的上面，浮出一轮朦胧的月，仿佛正在降临的夜晚中那缓缓的溪流上漂着的一层薄薄的扇形的冰膜。这时，钟声响了。

这两个僧侣还在踱过来踱过去，踱过去又踱过来，有一种奇怪的、不紧不慢的规律性。

因为山峦是在西方，阴影穿过一切来临了。我坐在那儿的那片橄榄树林已经消失在阴影中。这是僧侣的世界，这是黑夜与白昼苍白的分界线。他们在这里踱着，在阴影中庸的、没有阴影的光线里，踱过去踱回来，踱回来又踱过去。

　　既没有白天的闪烁也没有夜晚的周密来接触他们，他们踏着法律的公允在黄昏的小径上踱着。他们的谈话中既没有热血也没有精神，只有法律，只有平均的抽象。阳性与阴性乃是无限的。但平均只是中庸。而这两个僧人在中庸的路线上踏过去又踏回来。

　　与此同时，在长长的山脊上，积雪变得玫瑰般灿烂辉煌，天空似乎绽裂为盛开的花朵。归根结蒂，永恒的非有与永恒的有是同一事物。在黑暗大地上方，在天空中，闪烁的玫瑰色积雪就是尽善尽美的忘我境界。夜与昼是合而为一的，光明与黑暗也是合而为一的，二者在起源与结局中是同一的，二者在忘我的时刻也是同一的，光明融化在黑暗中，黑暗也融化在光明中，正如这黄昏上面的玫瑰色积雪一样。

　　但是在这两个僧侣身上却没有忘我境界，在他们身上这是中庸，是下层的世界。在那蒙上阴影的东西上面，超然的、浸在柔和的微光中的大地是忘我世界中的玫瑰色积雪。但是在下面，远在我们之外铺展开来的却是黄昏的中庸，是这两个僧侣的中庸。肉体使精神中庸了，精神又使肉体中庸了，平均律断言这两个踱来踱去的僧侣就是如此。

　　月亮爬得更高了，离开了白雪皑皑的、渐渐淡下去的山脊，它慢慢显出了自己的本色。在橄榄树根之间，有一棵长着玫瑰色尖顶的雏菊，正在沉入梦乡。我把它采下来，把它放到很小的一束脆弱的、月光似的樱草花中，这样它的睡眠也会温暖其他的花朵。另外，我也放入了一些很蓝很蓝的小长春花。这使我想起了那位老妇人的眼睛。

　　在我下到湖畔的时候，白昼过去了，黄昏消失了，白雪看不到了。只有这白而闪光的月亮停在天空，像一个因为自己的可爱而感到荣耀的女人，她无比美妙地在整个世界的凝视中游荡着，打发时光，这月亮有时透过黑暗的橄榄树叶的边缘观望着，有时望着自己无与伦比、轻轻抖动着的、在湖水中脱去了所有衣衫的身体。

　　我小小的老妇人消失了。她的全体都沐浴着白天的阳光，却可能得不到一点月光。她肯定像一只鸟儿一样地生活，一下子就能向下看到整个世界，因此，她把所有次要的东西都留下了。她本人就是这像鹰一样翱翔在世界上、像一场清醒的睡梦似的清醒意识。而且像一只鸟儿，阴影落下时，它也入睡了。

她并不知道自己正在通过这些感觉而失去感觉，从而获得了未知，这些就出现在一轮美妙无比的月亮下。享有全部荣耀的太阳对这些收获是一无所知的。太阳走的是自己的路。那些雏菊一下子全都入睡了。那年老的纺纱妇人的灵魂也在落日中封闭了，其余的都是睡梦、都是休止。

所有这一切是如此怪诞、如此变化多端：皮肤黝黑的意大利人在月夜中感到欣喜若狂，蓝眼睛的老妇人却在热闹的阳光中感到欣喜若狂，而在下面花园中的那两个僧人，人们认为他们会把上面的二者合为一体，却只是在平均的中庸上走了过去。那么，什么地方才是汇合点呢？在人类中间，哪里才是光明与黑暗共同的欣喜呢？落日余晖绝妙超然与在正降临的夜晚的拥抱中盘旋的白昼，仿佛就是在天空中拥抱的两只鹰，就像在俄耳甫斯怀抱中的欧律狄斯，也像被冥王普路托拥抱着的冥后普西芬尼。

什么地方才有人类至高无上的欣喜呢？它会使白昼成为快乐，使夜晚也成为快乐，它会希望一种欣喜和一种欣喜中的汇合吗？希望只要一次放弃了单一的肉体与灵魂，就能成为月光下的一种欣喜吗？哪里才有我们心灵中把太阳与黑暗、白昼与夜晚、把精神与感官结合在一起的超验知识？我们为什么不知道两个尽善尽美的事物就是一个事物，而每一个只是部分，它永远是局部和单独，但两个尽善尽美的事物则是完美的，超出了孤独寂寞的范围？

第二章

柠 檬 园

我们吃过午餐以后，正在喝咖啡的当儿，餐馆老板来了。那时是两点钟了，因为沿湖向德森查诺驶去的汽船在阳光中喧闹起来，翻腾的湖水让光线在钢琴旁的阴影中一直上下舞动着。

这位先生十分善辩。我看到他正在大厅中向我鞠躬，他一手拿着帽子，另一只手拿着一张纸，急切地用生硬的法语争辩说他并没有打搅我。

他是个矮小、干瘪的男人，头上长着剪得很短的灰发，尖下巴，说话好打手势，这常常使我认为他就是一只古代的有贵族派头的猴子。这位先生是绅士，而且是他的种族中最后一位干瘪的代表。据村民讲，他唯一突出的品质就是贪婪。

"*Mais—mais，monsieur—je crains que—que—que je vous dérange—*" ❶

他一边摊开双手，一边鞠躬，用一双淡淡的棕色眼睛看着我，这两只眼睛像半透明的玛瑙，在那张猴子样的布满皱纹的脸上，一点也看不出年纪来。他喜欢讲法语，因为这样会有一种高贵感。他对高贵感有一种古怪的、天真的、旧式的热情。他是一个穷困家族的后裔，比起富裕的农民来

---

❶ 法文，大意为："当然，当然，先生，我恐怕，扰乱了您。"——译者

说强不了多少。但他的老式习气却是浓厚而令人感伤的。

他喜欢用法语和我说话。他扬着下巴，停顿下来，焦急地搜索着词句。然后结巴着急匆匆说上一两个字，最后还是露出了意大利语。但是他傲气十足：我们必须继续用法语谈话。

大厅里很冷，可是他并不想走进那个大房间里。这并不是一次礼节性拜访。他到这里没有显出他的绅士风度。他只是个局促不安的村民。

"*Voyez, monsieur—cet—cet—qu'est-ce que—qu'est-ce que veut dire cet—cela?*" ❶

他把说明书拿给我看。那是一张旧的印刷品，上面印着一种有美国专利的门簧的照片，并附有说明："将弹簧两侧的任何一端固定，将其旋起，保证绝对牢固。"

文字简练，是美国式英语。这位先生焦急地望着我，扬着下巴等着。他担心他应该能听懂我的英语。我结结巴巴地开始用法语说，但是被说明书上这些简洁的句子弄得手足失措。不管怎样，我还是把说明书的意思讲清楚了。

他并不相信我。这上面肯定还有别的意思。他从来没有违反说明书去做什么。他痛苦不堪。

"*Mais, monsieur, la porte—la porte—elle ferme pas—elle s'ouvre—*" ❷

他蹦到门边，向我解释全部的魔法秘密。门是关着的，ecco! ❸他打开了门栓，而嘭的一声，它飞出去了，它飞开了。这就是最后的结果。

那双棕色的、没有表情的、看不出年龄的眼睛，使我想起了猴子的眼睛，想到了用半透明的玛瑙做的眼睛，他在等着我的回答。我觉得责任转

---

❶法文，大意为："您，先生，这，这，说明，那个？"——译者
❷法文，大意为："但是，先生，这门，这门，它，结实的，没有，它，加工的。"——译者
❸意大利文，意为："这就是。"——译者

移到了我的身上。我很焦急。

"请允许，"我说，"去看看这门。"

我感到像歇洛克·福尔摩斯一样很不自在。这位padrone ❶ 提出抗议："*non, monsieur, non, cela vous dérange,*" ❷ 他只想要我翻译这些文字，他不想打搅我。无论如何，我们走了。我觉得我已经得到了机械化的英国的荣誉。

保利旅馆是个十分光彩夺目的地方。它是个高大的建筑，色彩中有粉红色和淡黄色，中心高耸着一个方形塔楼，向前壁门面两端各自展开一段涂了漆的凉廊。它离大路不远，湖就在下面，前面有一条用鹅卵石铺砌的人行道，拐弯处植满了绿草。夜晚当月亮洒满这面淡淡的前壁门面时，与它相比，剧院的戏剧性都望尘莫及。

大厅宽敞、漂亮，两端各有一扇大玻璃门，庭院透过大门闪闪发亮，在那儿，阳光中的绿竹光影斑驳，天竺葵发出耀目的红光。地面是用红色的弹性地砖铺砌的，油光光擦得很亮，像玻璃一样，墙壁被冲刷得发出灰白的颜色，天顶画着粉红色的玫瑰和鸟雀。这是外部世界和内部世界的中点，它兼具两者的特色。

其他房间则是黑暗、丑陋的。它们是内房，因此这样并没有什么过错。它们装饰得像地窖一样。客厅中用红色地砖铺砌的、擦得亮亮的地面似乎冷冰冰、黏糊糊的，雕花的冰冷家具立在它的墓穴中，空气一直都是暗暗的，已经饿得快要没有生气了，它已经枯萎了。

窗外的阳光像歌唱的鸟儿在跳跃。上面灰色岩石在天空中构筑了阳光的物质，圣托马斯守卫着阶地。但在这儿的内部却是亿万斯年的阴影。

我不得不再次想到意大利的灵魂，它为什么是黑暗的，为什么依恋了永恒的夜晚。它似乎是在文艺复兴之中，以及在文艺复兴之后变得如

----

❶ 意大利文，意为：饭店老板。——译者
❷ 法文，大意为："不，先生，不，那个，您，麻烦。"——译者

此的。

　　在中世纪，基督教的欧洲似乎就已经从一种强烈的、原始的动物本性朝着基督的自我克制与抽象大步迈进了。这本身就造成了一种巨大的完整感。这两个一半被努力连为一体而至今尚未实现的愿望结合在一起。在整体中有了胜利的欢乐。

　　但这运动一直都是朝着一个方向前进：泯灭肉体。人类越来越多地想变得纯粹自由和抽象。而纯粹的自由就在纯粹的抽象中。道是绝对的。如果肉身成了道，成了纯粹的法则，那么，他就自由了。

　　但是，当这个结论实现时，这个运动也就破裂了。波提切利已经绘出了阿芙洛狄特，这位感官的皇后，她与天国之后马利亚一样是至高无上的。但米开朗基罗突然抛弃了整个基督教运动，又回到了肉体。肉体是至高无上的、像神一样，在肉体的本一，在我们物质存在的本一之中，我们与上帝、与父神成为一体。父神是用肉体按照自己的形象创造人的。米开朗基罗恰恰回到了旧日摩西的立场上。基督不存在了。对米开朗基罗来说，世上没有精神的拯救。世上有父神、有父、有一切肉体的创造者。世上也有关于肉体的铁面无私的法则，有最后的审判，也有永生的肉体向地狱的堕落。

　　自从那时以来，这一直是意大利人的立场。心灵，即，光明；感官，它们都是黑暗。阿芙洛狄特，这位感官皇后，她是从浮沫中诞生的，她是闪闪发光的感官的光明，是大海的磷光，感官成了以自身为目标的意识，她是闪闪发光的黑暗，是放射光明的夜，是毁灭女神，她消耗着白色、寒冷的火焰，却并不创造。

　　这就是自文艺复兴以来意大利人的灵魂。在阳光中，他昏昏欲睡地取暖，把一种美酒汲入血管中，而在夜晚，他将把它蒸发为欣喜若狂的肉欲快乐，蒸发为黑夜与月光的强烈、白色、寒冷的心醉神迷，蒸发为猫一样的、吵闹的、毁灭性的享乐，在享乐的阵阵折磨中，感官意识到并呼唤着它们的意识，而这些感官，自从文艺复兴以来，这一直在消耗着这个南方之国，也许在消耗着所有的拉丁民族。

这是一种偏离正道的复归，它回到了关于肉体神圣性、关于肉体法则的绝对性的原有立场，即摩西的立场。但是，这儿也有对阿芙洛狄特的崇拜。现在肉体、感官都有了自我意识。它们明白自己的目的。它们的目的就是至高无上的感受。它们寻求的是最大限度的感受。它们寻求的是肉体向着危机、向着心醉神迷、向着心醉神迷中粼粼闪光的变形的堕落，而肉体正在对自身作出反应。

心灵一直都在推动着感官。正如一只猫，它包括了黑暗的微妙、美丽和尊严。但这火焰是寒冷的，正如猫眼中的火，它是绿色的火焰。它是流体、是带电体。在它的最大限度中，它是黑暗中磷光的白色狂喜，它常常在黑暗中，正如在一只猫的黑色皮毛下面。和猫的火焰一样，它是毁灭性的，常常消耗和降低为感官的狂喜，归根结蒂这就是它的最终目的。

世上存在着我，常常就只是我。心灵被湮没了，被克服了。但感官却是极端傲慢。感官是绝对的，就像神一样。因为我永远不能具备另一个人的感官。这些感官就是我，我绝对地感觉到了我自己。而这一切只能通过我的感官让我知道。因此，这一切就是我，而且这一切都是在我身上进行的。其余那些不是我，它们什么也不是，它们只是些无用的东西。因此，意大利人经过了数个世纪已经避开了我们北欧人有目的的工业，因为对他们来说，这似乎是一种无用的形式。

这是老虎精神。老虎是制造了绝对的感官至高无上的显现。这就是布莱克笔下的老虎：

　　　老虎呵，老虎，在黑夜的森林中
　　　燃起了光明。

它确实在黑夜中燃烧了。但是，老虎的火焰本质上是寒冷、白色的，是白色的狂喜。这是在熊熊燃烧的猫的白色眼中看到的狂喜。这就是吞食了一切的肉体的无上权威，它变成了华丽的带斑点的火焰，这实际是燃烧着的树丛。

这是向永恒的火焰变形的方法之一，这是通过肉体中的狂喜变形的。就像黑夜中的老虎，我吞食了一切肉体，我喝下了所有的血液，直至这燃料在我体内熊熊燃烧起来，成为无限的完美的火焰，在狂喜中，我就是无限，我又成了伟大的完整，我是那无限、那永恒、那创造者、那造物主、那永生之神的一次白色火焰中的一个火苗。在喝下了所有血液、吞食了所有肉体的肉欲的狂喜中，我再一次成为永恒的火，我也成了无限。

这就是老虎的方式，老虎是至高无上的。它的头是扁平的，仿佛在坚硬的颅骨上有某种沉重的重物把心灵压了又压，一直压成一块石头，再把它压到血液下面，去为血液服务。这就是血液的征服工具。意志藏在生殖器的上方，可以说就在脊柱的底部，那里有活生生的意志，有老虎活生生的心灵，那里是柔弱的生殖器。那是个结节，那是脊髓。

意大利是如此，士兵也是如此。这就是士兵的精神。他也是带着自己凝聚在脊柱底部的意志行走的，他的心灵被征服了，被湮没了。士兵的意志就是伟大的猫的意志，就是毁灭中狂喜的意志，就是在把生命吸收为自己的生命的狂喜的意志，他自己的生命总是至高无上的，直至这狂喜迸发为白色、永恒的火焰，迸发为无限，迸发为无限的火焰。然后他感到满足，他在无限中达到了尽善尽美。

这就是真正的士兵，这是感官的不朽高峰。这是肉体的极致，是那个吞食了所有活生生肉体的超级老虎，现在正在它自己无限的牢笼中来回踱步，用盲目、凶猛和专注的眼睛盯着对它来说是空无一物的东西。

除去借助来自身体内部的光线，除去借助其自身的希望之光，这老虎的眼睛并不能看。它自己白色的、寒冷的光是非常凶猛的，以致白昼的其他温暖的光都黯然失色了，它不是光，它并不存在。因此，老虎白色的双眼盯住了凝聚了视力的一个点，在这个点上，它并不存在。因此也就是它可怕的茫然。我知道我是某种东西，对它的视力来说，这东西是个空洞的空间，对于老虎的目光，它却没有做出任何反抗。我只能认为它认为我是一种气味、一种反抗、一种淫逸的固体、一种它要征服的正在奋争的热烈暴力，是在它的颌骨间流淌着的热血，是口中有生命的肉体的美妙阵痛。它要的就是这个。其余是没有的。

其余的东西是什么呢？那些不是老虎的东西，那些老虎所不闻的东西，这是什么？

在文艺复兴运动中，与可怕的、鹰一样的感官的天使分道扬镳的是什么呢？意大利人说："我们与天父同在：我们要复归原处。"北欧人则说："我们与基督同在，我们要向前走去。"

什么才是基督的尽善尽美？如果人超越了一切条件，在无限中达到了极致（对他自己而言），他达到了一种无限的境界，他就感到了满足。在肉体至高无上的狂喜中，在酒神狄奥尼索斯的狂喜中，他达到了这种境界。但是在基督里面，它怎么能实现呢？

这不是神秘的狂喜。神秘的狂喜是一种特殊的肉欲的狂喜，它是那些用自我创造的目标使自身满足的感官。它是对自身的自我投射，在已被投射的自我之中，肉欲的自我得到满足。

> 虚心的人有福了，因为天国是他们的！
> 为义受逼迫的人有福了，因为天国是他们的！
> 天国就是这个无限，如果我们是虚心的，
> 或是因为正直而遭迫害，那么，进入其中我们便会尽善尽美。
> 有人打你的右脸，连你的左脸也转过来由他打。
> 你们的仇敌，要爱他！恨你们的，要待他好！
> 咒诅你们的，要为他祝福！凌辱你们的，要为他祷告！
> 你们要慈悲，像你们的父慈悲一样。

要完善无过，要与神同在，要成为无限与不朽，我们应该做什么？我们必须把左脸转过去，我们必须爱我们的仇敌。

基督是鹰飞来扑击的羔羊，是猎隼攫去的鸽子，是老虎吞食的鹿。

　　如果有人拿着利剑来杀害我，我不反抗他，而是任他用利剑杀死，那么，我是什么人呢？我比他更伟大吗？我比他更强大吗？我这个猎物，在吞食我的老虎旁边，我知道在无限中的极致吗？用我的不抵抗，我已经剥夺了它的尽善尽美。因为只有当一只老虎杀死一个猛烈的、正在反抗的猎物时，它才会感到尽善尽美。在这里，没有仅仅是屠夫和猎犬的尽善尽美。我可以用任何不抵抗的方法剥夺老虎的狂喜，剥夺他的尽善尽美与他真正存在的理由。在我的不抵抗中，老虎被彻底毁灭了。

　　但是，我是什么？"你们要慈悲。"在这种屈服中，我的慈悲在哪里？在我的否定后面，是否存在一种肯定，而不是对老虎自身荣耀的无限的肯定？

　　什么是我，我这个在肉体中没有进行抵抗的人，所认同的那个本一呢？

　　难道我只有正在被吞食的消极的狂喜吗？只有成为神、成为伟大的莫洛克神 ❶、这至高无上的、可怕的神的这样一部分的消极狂喜吗？我也有这种尽善尽美的主观上的狂喜。但是，别的就没有了吗？

　　老虎说的话是：我的感觉就是至高无上的我，我的感觉就是我心中的神。但是，基督说道：神在那些不是我的人的心中。神就存在于所有的人的当中，而且这是伟大的神，这要比我这个神更伟大。神是那个非我的东西。

　　这就是基督教的真理，这是对异教的主张："神就是那个属我的东西"的补充性真理。

　　神是那个非我的东西。在实现非我时，我达到了极致，我变成了无限。在转过我的左脸时，我屈从于比我伟大的神，与我不同，他存在于不属于我的东西之中。这是最高级的尽善尽美。为达到这种尽善尽美，我像

---

❶ Moloch，古代腓尼基人的火神，以儿童为祭品。——译者

爱自己一样爱我的邻居。我的邻居就是一切不属于我的东西。如果我爱所有的这一切，难道我还没有与全体同在吗？我还没有实现自己的尽善尽美吗？我还没有与神同在吗？我还没有达到那无限吗？

文艺复兴之后，北欧民族继续向前走下去，把对那个非我的神的宗教信仰付诸实现。甚至灵魂拯救的概念实际上也是消极的：这是在逃避地狱惩罚。清教徒对那个属我的神进行了最后的猛烈攻击。当他们砍去了查理一世这个正义天国之王的头颅时，他们就永远象征性地毁灭了我的无上权威——那个作为神的化身的我，肉体的感官的我，我这个熊熊燃烧、放射光明的老虎，那个我，乃天子的我，那神，那贵族，那个因为我与神同一、因而神圣的我。

在清教徒之后，我们已经为那个非我的神积累了资料。教皇说："于是你知道了自己，最后不要指望神来审判，对人类真正进行研究的还是人类。"他讲述的是这个前提：当人试图了解人类这个伟大的抽象时，这个人是正确的，他是尽善尽美的，认识的方法就是对自身的分析，分析即是毁灭。那个时代的前提是：人是宇宙的缩影。他只须表达自己、只须达到自己的欲望、满足他至高无上的感官就行。

现在发生了变化。单独的个人是有限的存在。他自身是有限的。虽然他能够领悟到那不是他自己。"对人真正进行研究的还是人类。"换句话说，这就是："你应该像爱自己一样爱你的邻居。"这就是说，如果人认识到他不是自己，不是那个抽象的人，人就是尽善尽美的。因此，尽善尽美就在于对他人的寻求，对他人的认知。而斯图亚特的前提是："一个人的尽善尽美就在于他对自我的表达。"

这种新精神发展为哲学中的经验主义与理想主义两种体系。凡是存在的一切都是意识。而在每个人的意识中，人类是伟大的、是无限的，而个人则是渺小的、残缺不全的。因此个人必须把自己浸没在人类的伟大整体之中。

这是雪莱的灵性，是人的完善性。这是我们完成下面的圣训的方法："你们要慈悲，像你们的父慈悲一样。"这就是圣保罗的话，"我如今所知道的有限。到那时就全知道，如同主知道我一样"。

当一个人知道了一切、理解了一切时，他就会是完善无过的，生活也将是幸福的。他能够知道一切，能够理解一切。因此他有理由希求无限的自由和幸福。

新宗教的伟大启示就是自由的启示。当我有形的身体和有限的欲望被湮没或被蒸发时，当我像云雀消逝在空中、却用歌声充满了天地时，我才是完善无过的，才在无限中成为尽善尽美。当我成为一切非我的东西时，我才具有完美的自由，我才超越了界限。我只需要排除自我。

正是这种宗教信仰在科学中表达了自我。科学是对外在自我、对自我的基本物质和外在世界的分析。而机械则是伟人的改建了的无我力量。因此在上个世纪之末，我们获得了积极的崇拜，对机械力的崇拜。

我们现在仍然继续崇拜那个非我的东西，那无我的世界，尽管我们仍乐于用自我来帮助我们。我们正在向武士们高喊着莎士比亚的忠言："于是去模仿老虎的行动吧。"我们又再次试图变为老虎、变为至高无上、特等的好战的自我。与此同时，我们的理想却是平等的无我世界。

我们继续对无我的神奉献服务，我们崇拜精神中伟大无我的单一，崇拜服务于伟大人性的单一，而那伟大的人性就是非我。这个无我的神就是那个不加考虑地为所有人工作的神。他的形象就是支配和恐吓了我们、我们在其面前畏缩、我们是转而去为它服务的机械。因为它同样是为全体人类工作的。

与此同时，我们又要成为好战的老虎。这就是那可怕的东西：两个极端的混淆。我们好战的老虎用机械装备了我们，而我们老虎的强烈的激怒也是通过机械发泄出来的。看到机械被老虎拖着到处跑，受到老虎的控制，被迫去表现老虎，这是一件可怕的事，更可怕的事就是看到老虎被机械捉住、缠住和卷起来。这是所有混乱中最混乱的事，是不可思议的地狱。

老虎没有过错，机械没有过错，但是，我们，我们这些说谎者、我们这些空口许愿的人、我们这些傻瓜的复制品，则不可饶恕地犯了过错。我们说："我要成为一只老虎，因为出于对别人的爱、出于对那些非我之物的爱，我爱人类。我甚至要变成一只老虎。"这是荒谬的。一只老虎要吞食是因为它在吞食中是尽善尽美的，它在吞食中能达到其绝对的自我。它不吞食是因为它那不自私的良知吩咐它为了其他的鹿和鸽子，或为了其他的老虎这样做。

如果达到了机械的无我的一端，我们就会立即拥抱住超验的自我的另一端。但是我们却试图兼二者而有之。我们在变为另一者之前仍然是前者。我们甚至不去轮流扮演二者的角色。我们既要成为老虎，又要成为鹿。而这乃是幽灵般的无。我们想说："老虎即是羔羊，羔羊即是老虎。"这是零、是虚无、是虚空。

这位饭店老板把我引到一间几乎是藏在厚厚墙壁中的小房间里。在这里，那位太太用一双闪烁着惊异和激动不安的黑眼睛看着我贸然走进来。她比那位先生年轻，是一位地道的乡村商贩的女儿，而且，唉，没有子女。

这的确是真的，门一直敞开着。太太放下螺丝刀，抬起身来。她的双眼闪烁着激动的火焰。这个门簧把应该关闭的门自动弹开的问题，在她的灵魂中激起了一个生动的火花。正是她与机械装置这个天使进行了较量。

她大约有四十岁，像火焰一样，而且带着强烈的悲哀。我想她并不知道她是悲哀的。但是她的心却被她生活中的某些无能消磨了。

她压抑了自己对这个小个子饭店老板的生命火焰。他像个猴子，奇怪、呆板、简直没有人的相貌，而且看不出年龄来。她用自己的火焰支撑了他呆板、古老、美丽的形式，使它完整无损。但是，她并不信任他。

现在，正当丈夫拆卸固定弹簧的螺丝时，戈玛太太与他一起动手干了起来。如果他们单独在一起时，这事可能就要由她自己做了，而且要装着是在他的指点下做的。但是因为我在这里，他只好自己动手做了，这个长着灰头发、颤巍巍、有教养的小绅士，他站在椅子上，拿着一把长螺丝刀，他妻子站在身后，扶住他以防跌倒。尽管如此，他依然十分独断，他的教养中带有一种奇特的、未经触动的力量。

他们只是把那根很有力的、用来关门的弹簧调整一下，让它伸长一点，挂到门框上，因此在门栓打开时，它就收紧，于是门就飞快地自动打开了。

我们很快就把它弄好了。这是个急人的时刻。螺丝紧好了，门合上了。他们很高兴。戈玛太太在我心中引起了电流般的忧郁，当门飞快地自动关闭时，她欣喜地合起双手。

"好呵！"她用颤动的、几乎有些好战色彩的女人的声音喊道："好呵！"

当她看着门时，她的双眼闪烁着光亮。她跑过去亲自试了一下。她充满希望急切地把门打开。嘭！门带着响声关上了。

"好呵！"她喊道，她的声音像青铜一样颤动着，过度紧张而又得意洋洋。

我也必须试一试。我打开了门。嘭！门带着响声关上了。我们大家都高兴地欢呼起来。

于是保利先生向我微微一笑，既宽厚、温和又一本正经。他把脊背转过去，轻轻靠着那女人，扬着下巴站在那里，他咧开那张怪里怪气的马嘴，几乎是傲慢地面向我笑着。他是块绅士的材料。他太太不见了，似乎是让他打发走了。然后饭店老板的情绪热烈起来。我们必须喝几杯。

他要让我看看这座庄园。我已经看过了这房屋。我们从左边的玻璃门出去，走进内院。

它比周围的几座花园要低，阳光透过带格子的拱门照在铺路的石板上，石缝间的野草长得很茂盛、很绿，一切都是荒凉、空旷、寂静的。阳光中立着一两个橘黄色的大木桶。

这时我听到一阵嬉闹声，是从角落里传来的，在四周粉红色的天竺葵和阳光中。戈玛太太正在与一个婴孩嬉戏。婴孩只有一岁半，皮肤白嫩，胖乎乎的。太太全神贯注地看着他坐在一只长凳上，笨乎乎的，俊俏，戴着小白帽，正在用手去采那粉红色的天竺葵。

她笑着从阴影中探出黝黑的面孔，很快钻入洒满阳光的婴孩身边的道道光芒中，她再次高兴地笑起来，喃喃低语着。婴孩没有注意她。她很快把他拉到阴影中。她们变模糊了，她黑色的头靠着婴孩的羊毛上衣，在爬山虎的叶子下面，她贪婪地吻他的脖颈。粉红色的天竺葵在阳光中依然快乐地陪伴着她们。

我已经把饭店老板忘记了。突然我好奇地看着他。

"这是太太的侄儿，"他简短地、粗率地小声向我解释说。他似乎害羞了，或是感到深深的懊恼。

这个女人已经看到我们在注视她们，于是她领着婴孩穿过阳光走来，笑着，和婴孩说着，但并没有从她自己的天地中向我们走来，也没有向我们打招呼，只是礼节性地点了点头。

皮埃特罗先生，这匹古怪的老马，开始笑起来，并且向婴孩发出嘶鸣，带着一种莫名其妙的、怨恨的嫉妒。婴孩咧着嘴快要哭了。太太把他抱走了，跳着舞从她年老的丈夫身旁后退了几步。

"我是陌生人，"我从远处向她说道，"他害怕生人。"

"不，不是，"她高声回答道，她的双眼闪烁着光芒，"他怕男人，他一见到男人就哭。"

她笑着，激动地把婴孩抱在怀中，又一次走上前来。她丈夫站在那儿仿佛被遮盖了、被遗忘了。她和我与婴孩在阳光中笑了一阵，这时我听到一声嘶鸣，一声老年男人被迫发出的笑声。他不应该被排斥在外。他似乎在强迫自己走上前来。他由于懊恼与被遗忘而感到辛酸、凄苦，挣扎着好像要证实自己的存在。他被废弃了。

这个女人也不舒服。我看得出来，她想带着婴孩走开，去单独享受他，享受一种激动不已的、色彩鲜明的快乐。这婴孩是她兄弟的孩子。

由于她表现在婴孩身上的欣喜，年老的饭店老板仿佛被废弃了。他扬着下巴，阴郁、烦躁不安、无足轻重。

他已被宣布报废了。当我认识到这点时，我感到惊诧。似乎只有他自己有了一个婴孩，他才能证实自己的存在。他存在的理由（raison d'être）似乎就是要有个儿子。可是他没有孩子。因此他就没有存在的理由。他是虚无，是一个消失在虚无中的阴影。他感到羞愧，他被自己的虚无消磨了。

我感到惊诧。于是我明白了，这就是意大利人对我们具有吸引力的秘密，这是对男性生殖器的崇拜。对意大利人而言，男性生殖器是个人创造性不朽的象征，而对每个男人而言，这是他自己的神性。孩子只是这种神性的证明。

意大利人有吸引力、讨人喜欢、漂亮，其原因就在于此，因为他们崇拜肉体中的神性。我们嫉妒他们，在他们旁边我们感到苍白、感到微不足道。然而与此同时，我们又感到比他们优越，仿佛他们还是孩子，而我们已经长大成人。

我们优越在哪里呢？只因为我们在追寻神性时、在追寻创造源泉时，超越了男性生殖器。我们找到了物质的力量和科学的秘密。

我们已经使人类远远地提高到每个以个人而存在的人上面去了。我们的目的是完美无缺的人性、是完美无缺的、均等的人类意识和忘我。我们在对自我的征服、贬低、分析和毁灭中获得了它。于是我们继续前进，活跃在科学中、力学中和社会改革中。

但是在这个进程中，我们已是疲惫不堪。我们找到了巨大的财富，但现在却无力使用它。因此我们曾说："这些财富有什么好处，这些俗不可耐的废物。"我们还说过："让我们从这次探险中退回去吧，让我们像意大利人那样享受自己的肉体吧。"但是我们的生活习惯，我们真正的素质使我们不能完全像意大利人那样。男性生殖器将永远也不会成为我们的神性，因为我们不相信它，北欧民族都不相信。因此，我们或是去照顾自己的孩子，把他们称为"未来"，或是，我们变得乖张、变得有破坏性，在肉体的毁灭中使我们得到快乐。

孩子并不是未来。活生生的真理才是未来。时间和人都没有创造未来。倒退也不是未来。五千万儿童毫无目的地成长起来，除去关注他们个人的欲望之外别无所求，这些儿童也不是未来，他们只是过去的崩溃。未来在于活生生的、成长的真理，在于阔步前进与圆满。

但这是没有用的。无论我们做什么，我们都有一种面向自我贬损和社会完美的更伟大的意志，一方面是分析、另一方面则是机械的建造。这种意志支配着我们全体，这种意志必须坚持下去，直到这个整体倒下。因此，现在我们虽然仍抱着一种追求完美无缺的、无私的人性的古老、辉煌的意志，但我们已经变得不近人情，变得不能帮助我们自己，我们只不过是伟大的机械化的社会的一些属性而已，这个社会是在我们走向完美的道路上创造的。而由于这个伟大的机械化的社会是无私的，因而也是无情的。它机械地运转着，毁灭着我们，它是我们的主宰、我们的上帝。

要想停止、甚至完全放弃我们现在正在做的事情，完全放弃几百年来我们一直在做着的事情，现在已经为时太晚。要想不再寻求一种无限、不再忽视、不再努力排除他人，现在已经为时太晚。无限具有双重性，它既是父又是子，既是黑暗又是光明，既是感官又是心灵，既是灵魂又是精神，既是自我又是非我，既是鹰又是鸽，既是老虎又是羔羊。人的尽善尽美也有两重性，它在于自私与无私。由于向着我自身内部黑暗的起源，即深埋在感官之中的自我大步倒退，我达到了本原的无限，精神中的本一。而由于从自我之中突现出来，由于排除了绝对的肉欲的自我，我达到了终极的自我，精神中的单一。它们是两种无限，是走向上帝的两条路径。人类必须知道这二者。

但是人类绝不能把这二者混淆。它们永远都是分离的。雄狮永远不会与羔羊为伍。雄狮永远都要吞食羔羊，而羔羊永远都要被吞食。人类知道肉体中伟大的尽善尽美，即肉欲的欣喜，这是永恒的。同样，人类也认识精神上无所不在的欣喜，它也是永恒的。但这二者是分离的，永远也不应该被混淆。要使一个与另一个折中，是不可思议的，是令人厌恶的。混淆是可怕的、是虚无的。

这两种无限，消极的与积极的，总是有关联的，但它们永远也不是同一的。它们总是对立的，但是，它们之间存在着一种关系。这就是基督教三位一体的圣灵。它就是这样，就是这种建立在两种无限、上帝的两种性质之间的关系，而我们却已经侵犯了、忘记了、有罪地冒犯了这种关系。父就是父，子就是子。也许我们知道子而否定了父，或知道了父而否定了子。但是，我永远也不会否定的、和我已经否定的东西乃是把双重的无限引入一个整体的圣灵，这一整体把上帝的双重性质联系起来而又使其独具特色。要说一即是一，这是不可接受的谎言。由于第三者的介入，这二者联系为一个单一。

世上有两种方式，世上不仅仅有一种方式。世上有两种相反的达到尽善尽美的方式。但是，像三角形底边一样联系这二者的就是常数，就是绝对，它造成了终极的整体。而且，在圣灵中我认识了这两种形式，这两种无限，两种尽善尽美。由于认识了这二者，我接受了整体。但是由于排除了一，我也就排除了整体。由于混淆了这二者，我也就造成了无用和虚无。

"哦，"他太太正在和别的男人的孩子玩耍，这位先生从这令他羞辱的场面中扯开了话题，"*mais — voulez-vous vous promener dans mes petites terres?*" ❶

他很自然地说出这句话，为了自卫和自我肯定，他变得非常激动。

在骨瘦嶙嶙的葡萄架的凉亭下，我们漫步在院落中的阳光里感到安然，只有长长的大山和我们平行，看着我们。

我说我很喜欢这个大的葡萄园，我问这个园子要到什么时候就完结了呢？这位老板的自豪油然而现。他指着那阶地和上面已经关闭了的大柠檬

---

❶ 法文，大意为："呵，先生您是不是到那块田地走走呵？"——译者

园给我看。这些都是他的。但是，他耸了耸他那意大利人的肩头，这没什么，只不过是个小花园，vous savez, monsieur。[1] 我不同意，我说它很美，我喜欢它，而且在我看来，它确实很大。他承认，在今天看来，也许它是很美。

"Perchè—parce que—il fait un tempo—cosi—très bell'—très beau，ecco！" [2]

他匆忙地飞落在"美"这个字眼上，像一只小鸟，落到地上，轻轻一跳。

花园的梯田都是朝向太阳修建的，阳光能充分地照耀它们，它们像一个倾斜了的器皿，要装满壮丽浓密的阳光。在四面墙壁内，在春天浓密的阳光中，在骨瘦嶙嶙的葡萄藤的夹道里，我们慢慢走着，我们远离世界，我们变得完美了。饭店老板发出轻轻的、没有什么意义的感叹声，而且告诉我那些花草的名称。这片土地是富饶的黑土地。

与我们相对的是一座很长的拱形雪山，它俯视着我们的安全。我们爬上一段台阶，从那里可以看到湖对面的几个小村庄。我们又向上爬了一段，在那儿可以看到涟漪的水面。

我们来到一个巨大的石头建筑前面，我想这是个露天仓库，是为了露天贮藏的，因为四壁在半腰都是敞开的，显露出里面很暗，角柱是方形的，很白，在仓库前面独具特色。

漫不经心地走进这朦胧之中，我吓了一跳，因为在我脚下，有一大片水，清澈、淡淡地带着绿色，这是幽暗中的一泓潭水，这是从墙缝里流出来的。见我吃惊，老板笑了起来。他说，这是为了灌溉田地用的。它微微有些发臭，带着一股刺鼻的气味，我说，要不是这样它可以建成一个多么奇妙的浴池呵。这位年老的饭店老板对这主意轻轻叹了一口气。

然后我们又爬进了装满红棕色树叶的高大阁楼，这些树叶堆在屋顶下

---

[1] 法文，大意为："先生，您自己看吧。" ——译者
[2] 法文，大意为："为什么——因为——它很古老，如此，很，很美，就是这样。" ——译者

的一个大斜坡上，似乎散发着微微的火红的热气，同时也散发着山地诱人的芬芳。我们穿过这仓库，站到柠檬房的墙脚下。这座高大无窗的建筑在我们面前高高耸立在阳光之中。

整个夏季，在湖畔陡峭的山坡上，在绿叶的掩映中，挺立着一排排裸露的柱子，就像庙宇的残垣断壁：石造的白色方柱孤独、凄凉地留在柱廊和广场中，在山边，它们耸立在这儿，那儿，仿佛是被某个曾经在这里进行过崇拜的伟大民族遗留下来的。在冬季，依然可以看到某些石柱挺立在远处人迹罕至的地方，在那儿，阳光像溪水一样洒满大地，一排排灰色柱子从一堵残垣断壁里露出来，一排比一排高，裸露在天空下，被人遗弃了。

它们就是柠檬庄园，这些支柱则是用来支撑沉重的树枝的，但是到最后，它们却像那些无窗的、丑陋的、在冬季遮掩了柠檬树的巨大木制房屋的脚手架。

在十一月里，那时寒风袭来，大雪落满山头，男人们在仓库外面正运送木料，我们可以听到木板落到地上的哐哐响声。于是，我们沿着山边的军用公路走着，向下边望去，看到一座座柠檬园的顶上，从一根支柱到另一根支柱搭着细长的木杆，我们还听到两个男人在说着、唱着、令人毛骨悚然地走动着、摆放着木条。他们穿着笨重的木屐，轻便地大步走着，尽管只要他们滑倒了，就会跌到二三十英尺以下的地方去。但是，山边陡峭地升起来，似乎离得很近。在他们的头顶上方，岩石闪烁着光彩耸入天空，因此爬高的感觉肯定早已不复存在了。不管怎么说，他们自如地行走在柱子的顶端，而下面就是一个巨大的空穴。然后又是放倒厚木板时发出的井然有序的、咔咔、哐哐的声响，从山边向碧蓝的湖传过去，一直传到木料搭成的平台。这平台从山边突出出来，陈旧而苍黄，从上面看它是块平地，而从下面看，它却是一个悬空的屋顶。而我们站在公路上方，看到这两个男人轻快地坐在这个单薄悬空的平台上，用锤敲打着厚木板。一整天中，敲打的声响回荡在岩石和橄榄树间，远处船上的人们微微感到一种迅速的振荡。当上好这些屋顶时，他们又装上了建筑的前脸，在一根根白色柱子之间把年久的发黑的木材封在粗略制成的框架里。而在这儿、那儿，错落地装着一些玻璃窗，在细长狭窄的窗子中，搭着一块一块的玻璃。因此，现在这些庞大的、不堪入目的建筑就在山边突出出来，分为两三层，一层比一层狭窄，站在那些不易被人看到的、昏暗的、破烂不堪的地方。

早晨我常常躺在床上观看日出。乳白色的湖朦胧地卧在那里，背后是深蓝色的大山，而在它们上面的天空则喷射、闪烁着光辉。山梁上有一块地方金光灿灿，仿佛要把小山边缘的一条小沟融化一般。在这个点上，它不断地融化着，直到突然之间那强烈的、销金熔铁的、带有生命的光线放射出来。山峦突然被融化了，光明流淌下来，那儿灿烂夺目、亮晶晶的，随后是亮晶晶的一片，再后来是一条巨大的、炫人眼目的太阳光带扫过了乳白色的湖面，最后阳光落到我的脸上。这时，我扭过头去，我听到了木槽中轻轻拉动的响声，我知道他们正在打开柠檬园，这里那里都有一条长长的框子，苍黄的木头和玻璃条之间错落地夹着一条长形的暗影。

"Voulez-vous，"饭店老板伸出一只手，向我躬身施礼，说道，"voulez-vous entrer, monsieur?" ❶

我走进了这柠檬房，这些可怜的树木在昏暗中好像有些郁郁寡欢。这是个宽大、黑暗、寒冷的地方。高大的柠檬树沉甸甸地长着模糊不清的果实，在幽暗中拥挤在一起向上生长着。看上去它们就像黑暗的地狱中的幽灵，一派庄严，似乎赋有了生命，但是，这只是它们自己的浓重阴影。我在各处钻来钻去，看到一根支柱。但是，他仿佛也是个阴影，而不是我认识的一个炫目的、白色的人。在这里，我们这些东西：树木、人、支柱、黑色的土地、阴暗的小路都被关在这个宽大的箱子里。确实，这里有一些

---

❶ 法文，大意为："先生，您，""您，请进，先生?"——译者

长条的窗子，一些空处，因此它的前脸上有一些裂缝，偶尔有一条光线透过来抚摸着被围起来的树木的叶子和苍白的、圆圆的柠檬。但无论如何，这里都是非常幽暗的。

"但是，里面要比外面冷多了，"我说。

"是呵，"饭店老板说道，"现在是这样。但是夜里——我想……"

我甚至希望现在就是夜晚，看看是什么样子。我希望这些树木温暖舒适。它们现在好象是生长在地狱里。在柠檬树当中，小路边上长着几株幼小的橙子树，十来个橙子挂在树上，就像黄昏中烧红的煤炭。正当我在它们那儿"烤"我的双手时，饭店老板为我折来一条又一条的嫩枝，最后我拿到一串火红的橙子，带着深绿色的叶子，沉甸甸的一大串。向下面柠檬屋的黑暗世界望去，小路旁许多发红的成串的橙子使我想起了夜晚湖畔村庄的灯火，而上面的苍白色柠檬则让我想到了星光。那里散发着柠檬花幽微、淡雅的清香。这时我看到了一个香橼。它在一株那么细小的树上悬挂着它沉甸甸的、肥大的果实，看上去就像一大片深绿的色彩。头顶上方是一大片柠檬林，似有若无地隐现其间，小路边是一丛丛红色橙子，这里那里还有一个个肥大的香橼。这里几乎就像海底世界。

小路转弯处，有几小堆隆起的、烧焦的木桩和灰烬，寒冷的夜晚，屋内曾点燃过火堆。因为一月的第二周、第三周，雪在山上下得非常低，爬了一个小时，我发现自己还在白雪的巷道里，看到橄榄树园站在一片片雪坪中。

饭店老板说所有柠檬和甜橙都要嫁接到一株苦橙的植株上。从种子成长起来的柠檬和甜橙的植株容易生病虫害，因此种植者发现只有培植苦橙，然后再与它们嫁接才会安全。

但是那位maestra（小学教师）——她是小学教师，在教我们意大利语时戴着一副黑手套——她说柠檬是阿西西的圣方济各带来的，他来到加尔达建造了一座教堂和修道院。圣方济各教堂肯定是很古老、很破旧的，它在回廊的立柱上雕刻着一些叶子和果实的美丽的、有独创性的装饰，这似乎把圣方济各与柠檬联系起来了。我想象着他口袋中装着一个柠檬漫步在这片土地上。也许在炎热的夏季，他还制作过柠檬汽水。但在他以前，酒神巴库斯早就经营饮料生意了。

饭店老板看着自己的柠檬发出叹息。我想他很痛恨这些柠檬。在他危难之际，它们舍弃了他。一年到头，它们只能以半个便士一枚的价钱零售出去。"但是，这和英国的价格一样，或许还贵一些呢，"我说，"呵，但是，"女教师说，"但是英国的柠檬是西西里产的露天水果。但是，我们的任何一种柠檬都要比任何地方的柠檬好两倍。"

确实这里的柠檬有一股淡雅的清香和芬芳，但是，作为柠檬，它们的力量是否比普通水果的力量大两倍，则是个问题。橙子一公斤卖四个半便士，小的橙子五个卖两便士。在萨罗，香橼是按重量出售的，用来制作那种叫作"希德罗"（Cedro）的味浓性烈的甜酒。一个香橼有时甚至可以售到一个先令或更高的价钱，但是，那样一来，需求量必然也就很少了。因此，很明显，从这些数字可以看出，加尔达湖不可能长久地去种植它的柠檬了。这些柠檬园有许多已经成了废墟，而且还有更多的"Da Vendere"。❶

我们从柠檬屋的阴影中走出来，向在我们下面那些房屋的屋顶走去。当我们走到屋顶的边缘时，我坐了下来。饭店老板站在我后面，在天空中，一个衣衫褴褛、瑟瑟抖动着的瘦小身躯站在他的屋顶上，这是破败的缩影，宛如那些柠檬屋一样破败不堪。

我们常常与对面的积雪山峰处在同一水平线上。左右两侧的小山上横着一抹纯蓝色的轻烟，那里刚刚刮过一阵风，现在风住了。远处岸边的水面上轻轻吹起一缕彩虹般的尘埃，村庄变成了一片斑点。

在山下的湖面上，一支橘红色的帆船渐渐消逝在深蓝的湖水中，湖面

---

❶ 意大利文，意为："待出售"。——译者

上泛着一片浮沫。一个女人很快下山去了，赶着两只山羊和一只绵羊。在橄榄树中，一个男人正在吹着口哨。

"您，"饭店老板带着一种淡淡的、纯然的忧郁说道，"这里过去曾经是一座柠檬园，你看那些短柱，为了建葡萄架被砍掉了。过去这里的柠檬比现在要多两倍。现在我们却只有葡萄了。过去这片土地种柠檬，我一年能收入两百里拉。现在种葡萄，我只能收入八十里拉"。

"可是葡萄是很有价值的作物呵，"我说。

"Ah—così-così！对一个男人来说，这种得很多了。但对我来说，"poco, poco-peu。" ❶

突然他的脸绽开了一个带着深深的忧郁的微笑，几乎像个怪面人，露出牙齿笑着。这是真正的意大利人的忧郁，非常深刻、呆板。

"Vous voyez, monsieur—— ❷ 柠檬是一年到头都收获的，一年到头，可是葡萄，——只收一季？"

他耸起肩头，摊开双手，做了一个无可奈何的姿势，他的面孔像猴子似地现出一幅茫然、看不出年龄的神秘表情。这里没有希望。这里只有现在。或者是满足于现状，或者一无所有。

我坐在那儿望着那湖。那湖美丽得像天堂一样，仿佛上苍刚刚把它创造出来。湖畔上忧郁地挺立着残破不全的柠檬树桩，东倒西歪的、被围起来的柠檬屋看上去似乎摇摇欲坠，在葡萄丛和橄榄树间显得臃肿不堪。一些村庄簇拥着它们的教堂，好像属于那过去的年代。它们似乎仍徘徊在早已消逝了的世纪里。"但是，它很美丽，"我表示不同意，"在英国……"

"呵，在英国，"饭店老板大声说道，他脸上又出现了那种看不出年龄、像猴子一样露出牙齿的宿命的笑，那笑中夹着狡诈，"在英国你们是

---

❶ 法文，大意为："确实，确实，几个、几个，少。"——译者
❷ 法文，大意为："先生，您，先生。"——译者

富有的，*Les richesses*——你们有煤矿和机械，*vous savez*。在这儿，我们只有太阳……"

他抬起一只干枯的手，指向天空，指向那蓝蓝的天空中神奇的源泉，他带着装腔作势的胜利表情微笑着。但是他的胜利只是装腔作势。那些机械要比太阳更接近他的灵魂。他不了解那些机械，不了解它们伟大的、由人类创造出来而又是非人力的力量，而他却想要了解它们。至于太阳，那是人类共同的财产，没有任何人会因为太阳而出人头地。他想要的是机器、机器产品、是钱、是人的力量。他想要知道那些已经把土地据为己有、在上面铺了铁路、用铁爪在上面钻了洞穴、征服了大地的人们所享受的欢乐。他想要的就是自我的这种最后的胜利，这种最后的转换。他想要到英国人曾经去过的地方去，超越自我，走进伟大的非人类的非我中，从早在肉体之前就已存在的大自然的积极力量中去创造伟大的无生命的创造者：机械。

但是，他太老了。这只能留待年轻的意大利人去拥抱他的女主人——机械了。

我坐在柠檬屋的屋顶上，下面是湖，对面是积雪的山峦，我眺望着浮着橄榄树云烟的湖岸上古老的废墟，那一片古代世界的和平，依然笼罩在阳光之下，对我来说，过去是那样的可爱，它令你不得不把目光投向它，不得不向它回眸流连，重又望去，而且只能回眸流连，在那里才有和平与美，而再也没有不和谐。

我想到了英国，想到了伦敦的大片土地，想到了黑色的、冒着浓烟的、拼力劳作的中部地区和北部地区。这似乎是可怕的。然而这要比那位饭店老板，那位年老的、带着猴子般的狡诈与宿命的老板好。向前走入误区也比不可逃避地、固定地停留在过去好。

然而，这个世界要变成什么样子呢？这里有像一片黑色覆盖了整个世界的伦敦和工业化的城市，这是令人毛骨悚然的，最终是毁灭性的。而加尔达在阳光闪烁的天空下却是如此可爱，简直令人无法消受。因为在远处，在所有白雪皑皑的、上面闪烁着永恒的冰雪彩虹的阿尔卑斯山外面，就是这个黑色的、散发着臭气的、干燥的英国，它的灵魂被消磨了，几乎被消磨净尽了。但英国却正在用它的机械和对自然生命的可怕毁灭征服世界。它正在征服整个世界。

然而它自己不也是在这件工作中完结了吗？它已经感到厌倦。它已经征服了自然生命使它走向终结：它对外部世界的征服已是不可胜数，它已满足于自我的毁灭。它将要停止下来，它将要改弦更张，否则就要失去生命。

如果它还活着，它就要开始把它的知识构成一个伟大的真理结构。其中包含着大量粗略形成的知识，无数的机械和器具，无数的概念和方法，任何东西都无法与它相处，其中只有那些浮沉着而又迅即消逝而夫的分崩离析的芸芸众生。直至最后，世界似乎将要被庞大的废墟覆盖，而且将被抛弃，被莫名其妙的工业器械割裂，彻底死去，人类消失了，人类在追求完美的无私的社会的最后努力中被吞没了。

第三章

剧　院

狂欢节期间有一家剧团正在剧院演出。圣诞节那天，饭店老板手里拿着他包厢的钥匙走进来，问我们想不想去看戏？这个剧院很小，实际上是微不足道的，你知道这只是农民的玩意儿，皮埃特罗·第·波利先生摊开双手，把头侧向一边，鹦鹉学舌般说起来。但我们也许会找到一点消遣——*un peu de divertiment*。说着这句法语，他把钥匙递给了我。

我恰到好处地谢了谢他，我确实很受感动。这剧院非常简陋，却很舒适，从宽大的休息室可以看到圣诞节灰压压的一片人潮，能得到这个剧院的包厢的一把钥匙，对我来说真是一件非常体面的事。钥匙有一根链子和一块小铜牌，上面刻着一个很大的8字。

于是第二天我们去看《幽魂》（*Spettri*），希望能看上几场好的、质朴的情节剧。剧院是一座古旧的教堂。自从电影放映机这种聋哑人的胜利问世以来，在意大利，许多教堂都已获得了新生。速度已经让我们得到了神经性的兴奋，当微粒飞动、出现混乱时，我们感受到了痛苦的怪诞、焦急和快速。

这个废弃了的教堂被建成一座很好的剧院。我看得出来，为了宗教仪式中的戏剧表演，它的建筑体现了高度的智慧，东面是圆形的，墙壁没有窗子，声音能得到很好的传播。现在除去石头地面和观众席后面的两根柱子以及下面那些细长的牧师席位外，这里的一切都像个剧院了。

剧院中有两排阶梯式的小的包厢，总共有四十个，装着流苏和红色天鹅绒，而且还衬着暗红色的壁纸，完全像一座真正剧院中的真正包厢。饭店老板的包厢是那些最好的包厢中的一个。它只能容三个人。

我们在石头大厅付了三便士的入场费，然后走上楼去。我打开了八号包厢的门，关在这个小小的阁子里，向下俯瞰整个世界。这时我看见在对面的一个包厢里，理发师路易奇正在大大方方地鞠着躬。必须向四面八方鞠躬：呵，在上面一排包厢里，离理发师很近，那是药剂师，旅馆的老板娘坐在几个包厢以外，披着水獭皮的披肩，她是我们的好邻居，要问声好；矮胖的村长长着长长的棕黄色胡须，在面对舞台的包厢里正俯着身，我们向他淡淡地敬了个礼，村长后面还有一张张向下张望的脸；坐在那边紧靠舞台的是戈玛太太一家人，我们送去一个热情的微笑。然后我们坐下来。

我不知道我为什么恨这个村长。他长得很像一位佛莱芒画家画的一幅家庭肖像中的人物，他用肥胖的身躯和长长的棕黄色胡须把画面的前方压住了，而家中别的面孔则分成两组，充当背景。我想他对我们的到来很生气。他是个坚定的共和主义者，而且妄自尊大。但是，借助一顶又大又黑的天鹅绒帽子、黑色皮毛和我们的主日礼服，我们轻易地就使他黯然失色了。

楼下的村民们在拥挤着，像一股汹涌的激流荡动着。根据教堂的习俗，妇人全都坐在左边，也许只有一位男人很特殊，在他妻子旁边坐在一排座位的末尾。在右侧的长凳上，坐着几拨狙击兵，懒散地伸着手脚，穿着灰色军装，戴着斜插了公鸡羽毛的帽子，然后是农民、渔民，再有就是三两个无所顾忌的姑娘在男人旁边找个地方坐下来。

在后面，懒洋洋地靠着柱子，或者很不引人注意地、忧郁地站在那里的是村子里那些更鲁莽的人物。他们把黑色的毡帽拉下来，斗篷也拉到嘴巴上，安静时他们悄悄地、孤独地站在那里，可是一旦出了什么事情，他们就又是喊叫又是互相招呼，闹个不停。

这些男人很干净，他们的衣服都洗得干干净净。即使是最穷的搬运夫也常常把身上的破烂衣衫洗得清清爽爽。但是，明天是星期天，而他们只在星期天才刮脸。因此他们的脸颊都带着长了一个星期的黑胡须。但他们的眼睛很黑而且温柔，没有意识而且脆弱。他们穿着咔嗒咔嗒作响的木鞋，散漫地满不在乎地走动着，变换着姿势。他们自由自在地靠在后面的墙壁上，或靠在那两根柱子上，那股懒散劲儿简直有些奇妙，他们不在意衣服上的补丁，也不在意敞露的喉头，也许他们会用一块红色破布在喉头上打个结。他们散漫地、放荡地靠着，闲聊着，或是出神地看着舞台上正在演出的戏剧。

在他们自己的环境里，他们却莫名其妙地感到孤独，好像被人暴露了一样。仿佛他们脆弱的存在被人揭示了出来，他们又没有才智去掩饰它。这里有一种由于肉体上的敏感和精神上的缺欠而产生的悲怆。他们的心灵不能充分地警醒而随着他们迅速、热烈的感官去活动。

男人们挤在一起，似乎是为了互相支持，妇人也挤在一起，形成一个坚实、强有力的群体。在这个意大利村庄里，力量、坚实和胜利仿佛也与妇人们坚韧的、复仇性的团结联系在一起。

驱使男人和妇人们走向一起的不可屈服的必然性就像加在人们身上的一种束缚。他们似乎是在强制、强迫之下屈服的。他们走到一起大部分是因为愤怒，因为强烈的毁坏性激情。在男人和妇人之间没有同志关系，任何的同志关系都没有，而只有一种战斗、克制和敌视的关系。

每到星期天，男青年们别别扭扭地、兴奋地、不情愿地陪着心上人走一个小时，与她们拉开一点距离，在下午与她走在公路上。这是对必然的婚姻做出的让步。这里没有真正的追求，没有共同相处的幸福，这里只能激起以一种根本性敌对为基础的激情。这里只有很少的调情，这里只有微妙的、残酷的仁慈。就像一对性的决斗者。总而言之，男女是互相回避的，几乎是互相躲避的。夫妻是因为孩子才被结合在一起的，孩子是他们双方都崇拜的。但是在每个人身上只有对婴孩的高度尊敬，只有对父亲身份或母亲身份（视情况而定）的尊敬，这里不存在精神之爱。

在婚姻中，夫妻互相发动了微妙的、满意的性战争。这种战争产生了深厚的满足，意义深远的亲昵。但是，它毁掉了所有的欢乐，毁掉了活动中的所有和谐一致。

每个星期天下午，那别别扭扭的男青年都要在公路上陪他的少女走上一小时。然后他逃之夭夭，似乎是从奴役中解放出来一样，回到自己的男性伙伴中。每个星期天下午或傍晚，人们都会看到已婚的妇女由一位朋友或一个孩子陪伴（她不敢单独出行，恐怕有醉汉会对她发动莫名其妙的、可怕的性战争），领着喝得大醉的、获得了自由的丈夫往家里走去。有时回到家里，她要挨打。这是其中的一个组成部分。但是男人和女人之间在这里没有虚构的爱，这里只有激情，这激情是深深的仇恨，爱的行动就是战斗。

子女，这婚姻的产物是神圣的。从这里显示出统一与单一。尽管在性的激情中，在致命的冲突里面精神与精神互相斗争，但是肉体却与肉体合而为一。男性生殖器仍然是神圣的。但是，精神，男子的心灵，在这里已变为虚无。

同样，妇女的胜利也是如此。她们坐在剧院的下面，她们精心梳理的头发熠熠放光，她们的脊背十分挺拔，她们全神贯注地抬起头。她们并不十分引人注目。她们仿佛很谨慎。她们是紧张和拘泥的，正如男人是松懈和放荡的一样。有些新奇会使妇女紧张起来。她们似乎喜欢武器和冒险。她们谈不上什么魅力与迷人，充其量她们也只是具有一种完满的、多产的母性，而在其最糟糕的状况中，她们只具有麻醉剂般的、肉体的、黄颜色的、有毒的酷烈。但是对男人而言，她们太强烈了。男性精神会把直接的肉欲屈从于某种有意识的或社会性的目的，它被抛弃了。而具有母性的女人则是立法者，是至高无上的权威。而在工作中、在公共事务中，男人的权威相对而言则是无足轻重的。星期天下午，村里男子们感情上的羞辱达到了顶峰，那是他们伟大的解放之日，他们醉醺醺的但又是凶恶的，由身材挺拔、坚定、微微感到胆怯的妇人陪伴着走回家去。他们醉酒的可怕样子只是令人怜悯，而妇人们则显然是更为坚定的力量。

这就是男人们为什么必须到美洲去的原因。他们不是为了金钱。其深刻的愿望是要为自己雪洗耻辱，为了从精神上而不仅是从肉体上恢复作为男人的、作为生产者、作为工人和创造者的某种尊严。这是一种要完全摆脱女人、摆脱对性的可怕屈服、摆脱对性的崇拜的深刻欲望。

这个小剧场中的剧团来自平原远处，在布雷西亚之外的一个小镇。幕布升起了，每个人都默不作声，都像孩子般天真地全神贯注。几分钟后，我弄明白了，《幽魂》就是易卜生的《群鬼》。当这场挪威的戏剧展现在观众面前时，加尔达地区的农民、渔民，甚至一排排无拘无束的孩子们都在凝神地观看。

演员都是农民。他们的领头人是一位自耕农的儿子。他是个合格的药剂师，但又是个不安分、到处漂泊、酷爱演戏的人。皮埃特罗·第·波利先生耸耸肩，为他们粗俗的口音表示歉意。但这对我来说反正都是一回事。我正试着看懂这场戏，前不久我在慕尼黑刚刚看过这场戏，那场戏排得无可挑剔，但却令人厌恶。

在德国演出的那场戏，它的表演在我的印象中是完美无缺的，其中的人物扎实、合乎规范，但稍微有些机械，从那场戏转向意大利农民感伤的概念要有一个转变，我不得不试着去调整自己。

母亲是个快乐、轻松自如的女人，她被自己也不十分清楚的某件事折磨着。牧师是个长着姜黄色头发的丑角，这是从北欧舞台上模仿来的，他完全是个世俗人物。农民们绝对不笑，他们像孩子一样一本正经、目不转睛地观看着。那个仆人只是一个身材单薄、冒失、鲁莽的轻佻女子，臭名昭著。而那儿子是剧团经理，是个黑皮肤、面色红润的男人，身材宽厚，显然出身于农家，但现在已经受了一些教育，他是个重要人物，这场戏就是他的戏。

他莫名其妙地感到不安。皮肤黝黑、脸色红润、强壮有力，他无法扮演《群鬼》中病入膏肓的儿子，这位身患肺痨病、失去健康的北欧后裔的父亲也是个病人。他对自己有半份血缘的妹妹表现出的那种华而不实的意大利式的激情足以令人感到不舒服：这是他想要而且不顾自己的灵魂都想要的某种东西，但这种东西又是他根本不想要的。

正是因为这个人内心中的这种矛盾，这场戏才非常有趣。一个身材苗壮、精力充沛的三十八岁的男人，就像一位取得了一点成功的意大利人一样，洋洋得意，浮华而俗气，可是在他身上却压着一种隐而不现的疾病。但血液却没受到感染，只是灵魂上的虚弱。在他的灵魂里，他并不想要那种他想要而且也会得到的东西——性刺激。不，一点也不想要。然而他必须从自己的身体欲望、从自己身体的意志出发去采取行动。

他真正的存在，他真实的自我是软弱无能的。在灵魂上，他不是独立自主的，他是孤立凄凉的。他像孩子一样，要依赖母亲。听到他说："*Grazia，mamma！*"●任何活着的妇人的母性心灵都会受到折磨。这样一种孩子在黑夜中的呼唤！他在呼唤什么？

因为他是热血沸腾的、健康的，几乎正当鼎盛之年，而且作为男人他在自己的条件下得到了最大的自由。他要走自己的路，不想受任何阻挠。他几乎掌握了全部局面，带着他的小剧团来到我们村子，演出他亲自挑选的戏剧。然而对将会得到的东西，他并不极力想要，它只是一种令人周身发热的固执，因此他以一种雄性的方式坚持不肯放松。他不想被女人束缚，他也不想受任何人的任何指挥。这是因为他受到了自己肉欲的鞭笞。

他真正的男人的灵魂，那个挺身而出并且用虚空建造了一个新世界的

●意大利文："感谢你，妈妈！"——译者

灵魂是徒劳无益的。他只能复归于感官。他的神性是男性生殖器的神性。另一种男子的神性是使理念的新萌芽得以在世界上成熟的精神，他否定了、模糊了这种神性，这种神性是未曾使用的。然而正是这种精神通过那显著的、令人周身发热的肉欲在他身上无助地呼喊着。甚至这场戏的演出对他来说也是一种肉体满足的形式，这演出中既没有真正的心灵，也没有精神。

这与易卜生距离太远了，但它更为动人。易卜生是令人兴奋的，在神经上令人感动。但这场戏才是真正令人感动的，是真正黑夜中的呼号。人们热爱意大利的民族，希望用自己全部心灵去帮助它。但是，当人们看到了完整无缺的易卜生时，人们将会怎样仇恨挪威和瑞典民族呵！它们是令人厌恶的。

它们似乎正在被心灵鲁莽、无礼地、令人作呕地触摸到隐秘之处和热血的源泉。真正的易卜生确实有某种令人不可容忍的卑下：在斯特林堡和大多数挪威和瑞典的作品中也存在这种卑下。在他们的作品中，也有一种男性生殖器崇拜，但现在这种崇拜是精神性的，是邪恶的；男性生殖器是真正的偶像，但它也是污秽、腐败和死亡的源泉，它是以儿童为祭品的莫洛克神，他在猥亵中被崇拜着。

它是不可容忍的。男性生殖器是创造性神力的象征。但是它只代表了创造性神力的一部分。意大利人使它代表了全部的创造性神力。现在它成了意大利人的苦难，因为他不得不毁灭他自身之中的象征。

意大利的男人之所以泰然自若地具有战争的热情，其原因就在这里。从某种程度而言，它是真正的男性生殖器崇拜，因为男性生殖器的原则就是去吸收和支配全部生命。但同时它也是想把它们暴露给死亡，也是想了解死亡的一种欲望，死亡可以把它们之中的这种非常强大的对热血的支配毁灭，也可以再一次在外部世界中解放对外的、团结的以及使混乱归于秩序的精神，正如肉欲在开创一个新的生命时，从混乱之中创造了新秩序一样，使他得到自由去了解和服务于一种更伟大的观念。

坐在下面的农民全神贯注地听着，就像听着却又听不懂的孩子们一样，但是，他们依然如醉如痴。孩子们则如醉如痴地坐在长凳上，直到演出结束。他们不会坐立不安，也不会分神。他们睁大了眼睛，专心致志地看着那不可思议的事，被激动的声音迷住了。

但是村民并不会真的关心易卜生。他们顺其自然。在耶稣显灵节，作为特殊招待，上演了邓南遮的诗剧《不露锋芒》。

这是一出没有实际意义的愚蠢的浪漫戏剧。其中有几件谋杀，也有许多人为的恐怖情节。但总的说它是一部非常好的、浪漫的、令人信以为真的戏，像哑剧字谜一样。

因此观众喜欢它。《群鬼》演出结束后，我看到了理发师，他带着冷淡、沮丧的意人利人那种稀奇古怪的灰色的黏土般的容貌，身上已经生出了不育的、冷冷的惰性，那些所谓的多情民族对这种惰性非常熟悉，他渐渐消失在街道中，仿佛他就是寒冷和死亡。

但是，在邓南遮的戏剧演出后，他却像一个男人喝醉了甜酒而暖和起来了。"*Ah, bellissimo, bellissimo!*"❶他看到了我，醉醺醺的而且带着敬意说道。

"这出戏比《群鬼》好吧？"我说道。

他把两只手臂抬到半空，似乎在暗示这个问题是愚蠢的。

"呵，但是，"他说，"这可是邓南遮，那个人……"

"那个人是易卜生——伟大的挪威人，"我说，"一个全世界知名的人呵。"

"可是，你知道，邓南遮是诗人，呵，太美了，太美了！"这次还是没有改过来："*bello—bellissimo*"。

造成这种结果的是语言。正是意大利人对修辞、对言语的激情吸引

❶ 意大利文，"好战主义，好战主义！"——译者

了感官，却对心灵无所要求。如果一个英国人听到一次演讲，他至少要想到他能彻底地、不带个人色彩地理解其含义。但是一个意大利人只关心情感。使他得到至高无上满足的乃是动作和语言对血液的有形效果。他几乎根本没有动用自己的心灵。他就像个孩子，听了，感觉了，却没有理解。他所追求的就是感官性的喜悦。在意大利，邓南遮之所以是个神，其原因就在这里。他可以用他的言词控制血液的流动，虽然他说的话大部分是废话，可是听的人感到满足、感到满意。

狂欢节在二月五日结束，因此每星期四都有一个演员的专场演出，第一次，也是唯一一次，一位女主角的演出票价提高了：从三个便士涨到四便士。演出的戏剧是《医生的太太》，是一场现代戏，毫无趣味，但是后来的滑稽剧却让我笑起来。

因为那天是她的专场演出，阿德莱达就是唯一上场的人。她很有名望，尽管她的青春早已消逝。事实上，她是《群鬼》这场戏中那个冒失的年轻人的妈妈。

不管怎样，矮胖、金发碧眼、温和、哀婉动人的阿德莱达都是这个剧院的女英雄，女主角。她擅长于啜泣，男人们看了以后会情不自禁地用自己强烈的情感高喊："好呵，好呵！"妇女们却沉默不语。她们照旧直挺挺、阴沉沉地坐在那里。但是，毫无疑问，她们会完全同意：这就是饱受虐待、终日以泪洗面蒙受许多冤枉的妇女的真实写照。因此她们自己接受了男人们随着那些啜泣而发出的带有敬意的叫好声，这是对她们深重的冤枉应有的承认，"那女人报仇了。"然而，她们在内心里却看不起肥胖的、温和的阿德莱达。

亲爱的阿德莱达，她是无可指责的。在任何年代，在任何地方，无论如何，对男性的心灵而言，她都是可爱的，这个温和的、浸泡在泪水中的、金发碧眼的、饱受虐待的人呵。她肯定是饱受虐待的，不幸的。亲爱的玛格丽特，亲爱的德斯苔蒙娜，亲爱的伊芙琴妮亚，亲爱的茶花女，亲爱的拉美莫尔的露茜，亲爱的抹大拉的马利亚，任何时代，任何国度的亲爱的、哀婉的、不幸的心灵，我们是怎样地爱你们呵。在剧院中，她表演得如火如荼，她是舞台上的一朵百合花。我还年轻，涉世不深，我已经几次被她弄得柔肠寸断。我可以为她写下一篇十四行诗的乐句，是的，为这个美丽、苍白、终日以泪洗面的穿着白色长袍把头发拖到背后的女人写诗，我可以用一百个名字、用一百种语言称呼她，梅丽桑德、伊丽莎白、朱丽叶、蝴蝶夫人、费德尔、明尼哈哈等。每当我听到她的声音、听到潸然泪下的细微响声，我的心都要涨起来，都要发热，我的骨骼都要熔化了。我憎恶她，但这没有用。我的心开始萌发了，就像一棵泡在哀婉的苦雨中的嫩芽。

我最后一次看到她就是在加尔达湖，在萨罗。她是《弄臣》涂了白粉、两臂细细的女儿。我讨厌她，她的声音中有一种白乎乎的刺耳尖声。但是，到最后我的心在胸膛里过分成熟了，快要被爱慕之情撑破了。我打算走上舞台，去消灭那位令人作呕的、堕落的情人，把我的全部身心都奉献给她，向她说："我知道这是你想要的真正的爱情，你应该得到它，我要把它献给你。"

当然，我知道玛格丽特的魔术秘诀，它的全部秘诀就在于这个句子中："救救我，赫拉克利斯先生！"她的羞怯、胆怯、深信不疑和泪水激发了我的力量和崇高感。我是宇宙中阳性的一半。但是，如果真是这样，我也只能像另外那一半一样。

阿德莱达是丰满的，她的声音带有那种泪汪汪的、哀婉的力量，这给人一种真正撩人情欲的刺激。当她走上舞台，向四面环顾（有一点受惊）的时候，她才是她自己，才是厄勒克拉特，是伊索尔德，是希格林德，是玛格丽特，她身穿一件黑色巴里纱女装，就像一位在警察局受审而哭泣的妇人。这是她的现代装束。她的古代服装是拖地的白色长裙，留着一根淡黄色的辫子，戴着一朵鲜花。现实主义地表现这装束的应该是黑色巴里纱和一块手帕。

阿德莱达总是带着一块手帕。而我一直无法抗拒它。我说："手帕在那儿呢！"不管怎样，不到两分钟，这块手帕就在我身上起作用了。她把这块手帕攥在一只可怜的、胖胖的手中，泪水开始涌起，命运或者说是男人，是无情的，是如此残酷的。台上出现啜泣声，哭泣声，她握紧拳头，用手帕按了按眼睛，开始是这只，然后是另一只。她真的流下了泪水，泪水从温和、脆弱、受到伤害的女性自我的内心深处落了下来。我无法忍受。我坐在饭店老板小小的红色包厢里，抑制了我的情感，而在内心中我却重复着："多么羞耻，孩子，多么羞耻呵！"她的年龄比我大两倍，但在这种情况下，年龄又算什么呢？"你可怜的小手帕，它已经湿透了。哎，不要哭了。一切都会好起来的。我会照顾好你的。你要知道，并不是所有的男人都是畜生。"因此，我把她保护性地拥在怀中，很快我将会为了安慰而去吻她，用我怜悯的热情与勇猛用力地吻她温柔、丰满的面颊和脖颈，把我的安慰带得近一些，再近一些。

这是我要扮演的一个愉快而令人激动的角色。罗伯特·彭斯使这个角色达到尽善尽美的地步：

呵，你站在阵阵寒风中，

在远处的草丛，远处的草丛。

人们多少次把这些诗句背诵给世界上的奥菲利娅和玛格丽特：

我的胸膛就是你的避难所。

人们对自己胸膛的这种能力是多么羡慕呵！他低头看着自己衬衫的前襟，充满了力量与自豪。

为什么在实际生活中女人扮演这个角色（奥菲利亚和玛格丽特的角色）是如此蹩脚呢？她们为什么如此不情愿去为了我们而疯狂、而死呢？但她们在舞台上却经常这样做。

归根结蒂，也许就因为是我们写了这些戏剧才会如此吧。我是个什么样的无赖呀，对舞台上这位女主角而言，我是个什么样的无赖呵，黑眉毛、性情暴躁、残酷、大男子主义，而另一方面，亲爱的宝贝儿，他又是个怎样的英雄啊，他有多么丰厚的骑士般的慷慨和信义！我根本不是一个憨厚守法的公民，我是加拉哈德爵士，充满了纯真与灵性，我是勇猛和有强烈欲望的兰斯洛特，我把双手插在一起，或者，我歪戴着帽子，这要看情况而定，我是我自己。只是有一点，我不是一个值得尊重的市民，不是这样的，在我这得意和逃亡的日子里。

亲爱的上帝，阿德莱达哭得多么伤心呵，她的哭泣声就像提琴的乐曲泼洒在我的残酷和男子的无情上面。亲爱的小心肝，她在叹息，要在我可以提供庇护的胸膛上歇息。我多么喜爱自己的双重本性呵！我多么羡慕我自己！

阿德莱达为自己的专场选了《医生太太》。在后来的一个星期里，出现了许许多多五颜六色的传单："恩里柯·皮尔斯瓦利盛大专场演出。"

这是那位剧团经理，那位领袖。这位膀阔肩宽、脸色红润来自平原自耕农的后裔为他的重大时刻会选择什么节目呢？谁也不知道。剧目现在还没有公布。

因此我们只好待在家里，天气寒冷而又潮湿。但是，在星期四傍晚，女教师火热般地出现了，我们能不到剧院去吗，去看《阿姆莱托》？

可怜的女教师，她已年近五旬，皮肤黄而粗糙，但她黑色的眼睛依然带有迷人的火一样的热情。她曾经与一位骑兵中尉订过婚，但在她二十一岁时，中尉溺水身亡了。从此她就不成熟地挂在这棵树上，皮肤黄而粗糙，再也没有发育。

"阿姆莱托，"我说道，"*Non lo conosco*"。❶

她眼中出现了某种不安。她是一位小学教师，对犯错误有一种道德上的恐惧。

"是的，"她喊道，挥着手，恳求着，"一出英国戏剧。"

---

❷ 意大利文，"我不懂。"——译者

"英国！"我重复了一遍。

"是的，一部英国戏剧。"

"你把它拼写出来好吗？"

她焦急地从女用网格拎包中拿出一支铅笔，戴着黑手套小心翼翼地写下了：*Amleto*。

"哈姆雷特！"我惊喜地高呼。

"*Ecco，Amleto!*" ❶ 这位女教师高声说道，她的双眼燃烧着感激的肯定。

这时我才知道恩里柯·皮尔斯瓦利先生正找我去作一名观众。这里没有英国人看他的演出，那么，对他来说，他的专场演出将是一种痛苦。

我匆匆忙忙做好准备，冒雨赶去了。我知道他会把在他的专场演出时下雨看作倒霉的事。他认为自己是个命途多舛的人，

"*Sono un disgraziato，io。*" ❷

我迟到了。第一幕几乎快演完了。这出戏还没有演活，无论是在演员还是在观众的内心里都没有演活。我轻轻把包厢的门关上，走向前去。哈姆雷特那双滚动着的意大利眼睛向我瞥过来。在丹麦的王宫里又出现了一种新刺激。

恩里柯看上去像一个脸色发黑、忧郁的傻瓜。身上的马甲穿得紧紧的，使他显得矮胖、庸俗，长到膝盖的短裤仿佛突出了他那两条平庸、粗大、非常短小和肿胀的腿。为了做作，他披着一块黑色布片当作斗篷，脸上带着一种自命不凡的怪模样，有一股忧郁的、哲人般的傲慢。他就是哈姆雷特那种忧郁的自我专注的漫画形式。

我俯下身，摆了摆脚凳，并且镇定了一下面部表情。我努力不使自己咧开嘴笑起来。因为这是第一次，恩里柯哲人般忧郁地穿着黑绸衣服，看

---

❶ 意大利文，"就是这样，阿姆莱托！"——译者
❷ 意大利文，"我太倒霉了。"——译者

起来就像一个乡巴佬和傻瓜。他剃了平头，显得很活泼，衬着女里女气的马甲，他的头就更平庸了，而他那健壮、没有特色的身材在忧郁消沉的情绪中则显得十分荒唐。

所有演员都同样与剧情格格不入。他们的丹麦国王和王后是令人感伤的。王后是个身材矮小、粗壮的农妇，穿着粉红色缎料服装很不自在。恩里柯对此并不留情。他知道她喜欢扮演受人责骂的侍女或女管家，用手帕把头发扎紧，尖声说话，俗陋不堪。可是在这场戏里，她却被人用一大块绸缎打扮起来，成了皇后。确实，是一位皇后！

她顺从地竭尽全力要显得高贵起来。诚然，她很有些自以为是，斜着眼睛、扭怩地看着观众，她特别急于被人们当作一位仪表堂堂的高贵人物，如果人们真会这样看待她的话。她的声音沙哑而粗俗，但我不知道这是因为粉红色绸缎的对比还是因为她患了感冒造成的。她简直像孩子一样不敢活动。在每次开始道白之前，她都要低头看看，并且恶狠狠地踢一踢裙子，这样她才能确信自己一切正常。然后才能轻松自如。她身材健壮，非常矮小，年龄已有六旬，人们特别希望她能给哈姆雷特几个耳光。

只有当她坐在宝座上的时候，她才像个皇后。她志得意满地坐在宝座上，随从人员则光彩夺目地排列在台阶下面。她像孩子般得意扬扬，看起来却像即位已有六十年之久的维多利亚女王。

那位国王，她高贵的夫君，也带有一种由外部强加的荣耀，还有那身新的皇袍。他的身材十分匀称，但是与身上的皇袍却格格不入。它们本身形成了一种独立的身份。无论他走到哪儿，它们都跟着他，让每个人都困惑不解。

他是个瘦长、样子十分脆弱的农民，伤感而又极其温和。他身上具有某种纯粹而优良的东西，他温和得超出人们的想象，而且生性谦和。但是，他没有帝王气象，他以美丽、简单的屈从扮演这个角色。

恩里柯·皮尔斯瓦利在每次导演时都做得过火了，但是最糟糕的却是对自己进行的导演。他变成了一个庞然大物，把头埋在两肩当中，到处爬行，脖子一伸一缩跟在别人后面蹑手蹑脚地走，轻蔑他们，为他们设下陷阱，沾沾自喜于自己的傲慢和忸怩。他穿着黑色短裤的两条腿看上去慢吞吞、鬼鬼祟祟的，他常常披着一块黑布，这是当他被一种反转了的任性征服而扭曲自己的灵魂时，用双手拧绞的道具。

我对哈姆雷特常常有一种厌恶：在舞台上，他仿佛是一个爬行的、肮脏的东西，无论他是福布斯·罗伯逊，还是什么别的人。他对母亲那种令人作呕的不恭与无礼、他为国王设下的圈套、他对奥菲利娅自负的性反常行为往往使他令人不堪忍受。因为自我反感与精神上的崩溃，这个人物从其根本上就是可憎的。

我认为在文艺复兴的大多数艺术作品中，在莎士比亚后期的所有作品中，都贯穿着一种冷淡反感或曰自我反感的气质。在莎士比亚的作品中，这是一种肉体上的败坏与有意识地对此进行的反抗。肉体上败坏的感觉使哈姆雷特疯狂了，因为他绝不愿意承认那就是他的肉体。达·芬奇也同样是如此，但是，达·芬奇恶意地喜爱这种败坏。米开朗基罗拒绝任何败坏的情感，他对肉体只是袖手旁观。这种反应是互相对应的，但方向恰恰相反。但是所有这一切都发生在四百年前。恩里柯·皮尔斯瓦利刚刚达到这个境界。他就是哈姆雷特，而且显然在这个角色中他感到了极大满足。他是现代意大利人，多疑、孤独、自我厌恶，在肉体败坏的感觉中挣扎着。但是他不会承认这就是他自己。他在自负的感觉中爬行着，改造着自己的自我厌恶情绪。揭示了败坏，他是多么高兴呵，这败坏就是他幸灾乐祸地注视的发生在周围的败坏，他让自己的母亲知道他已经发现了她的乱伦，她的不贞，他幸灾乐祸地折磨着乱伦的国王。在所有这些不贞洁的人们当中，哈姆雷特是最不贞洁的。但是他只知道谴责他人。

除非是在那些"伟大的"演说中（而在这里恩里柯就原形毕露了），哈姆雷特因为肉体上的自我厌恶，厌恶自己的肉体而遭受了极大的痛苦。这部戏剧是对文艺复兴的哲学观点意义最为深远的说明。哈姆雷特甚至比他的原型奥列斯特更是一个精神性的人物，反对肉体、反对肉欲。

　　整个戏剧包含了心灵对肉体、精神对自我的令人震颤的反应，包含了伟大的贵族原则对伟大的民主原则的反应，整个戏剧就是关于这些反应的悲剧。

　　一个普通的本能的男人处在哈姆雷特的位置上，或是出于反射性行为会立即动手去谋杀自己的叔父，或者是一走了之。这样哈姆雷特就没有必要谋杀自己的母亲了。如果他已经杀了自己的叔父，这就算是报仇雪恨了。但是，这是根据贵族原则做出的说明。

　　奥列斯特曾处在同样的位置，但是，那是在两千年前，还缺乏两千年的经历。因此，这个问题对他来说就不像对哈姆雷特那样复杂，他几乎还不是这样有意识。全部希腊人的生活都是以自我优越这一概念为基础的，而这个自我往往就是男子。奥列斯特是他父亲的孩子，无论他有什么样的母亲，他都是父亲的孩子。而母亲只是载体，只是种下父亲的种子的一块土地。当克吕泰涅斯特拉谋杀了阿加门农时，对希腊而言，这无异于一个普通人谋杀了上帝。

　　但是，阿加门农、国王和神也不是永远不会犯错误的。他也要犯错误。他为了战争的荣耀、为了满足自我至上的想法而把伊芙琴尼娅做了献祭，但另一方面，他为了战争中俘获的嫔妃而造成了残酷的纷争。父系的肉体是不免要犯错误的，它不会像神一样。它渴望追求的是比荣耀、战争和杀戮更卑下的目标，它不忠实于至高无上的自我概念。奥列斯特由于自己的母亲的盛怒、由于它们代表着的正义而疯狂。无论如何，最后他被开脱了罪责。这个三部曲的第三场戏几乎是愚蠢的，它在闲谈各位神祇。但是按照希腊的习俗，它意味着奥列斯特是正确的，而克吕泰涅斯特拉则是大逆不道的。但尽管如此，这永远不犯错误的国王、这永远不犯错误的男性自我，都在奥列斯特身上死去了，都被克吕泰涅斯特拉在盛怒中杀死了。当他从自己容易犯错误的肉体突然逆转回来后，他获得了心灵上的平静，但他绝不会像阿加门农那样成为一个没有异议的神。奥列斯特中立地留在平静之中。他开创了非贵族的基督教。

　　哈姆雷特的父亲，这位国王，像阿加门农一样，也是个勇士之王。但是，他又不像阿加门农，对格特鲁德来说，他是无可指责的。然而格特鲁德也像克吕泰涅斯特拉一样是自己丈夫的潜在谋杀者，就像麦克白太太，就像李尔王的女儿一样是个女谋杀犯。女人谋杀了至高无上的男人，理想中的自我，国王和父亲。

　　这就是莎士比亚必须仔细研究的悲剧情境。女人否定、抛弃了男人为她象征的理想自我。那至高无上的典型、国王与父亲被妻子和女儿谋杀了。

　　原因何在呢？哈姆雷特在狂怒与厌恶的微变中疯狂了。然而在他自己的灵魂中，女谋杀者只代表着某种最后的审判。在自己灵魂的深处，哈姆雷特决定了：至高无上的自我、父亲和国王必须死亡。这是他不情愿的灵魂所做出的一个自杀性决定。这是不可避免的。那场贯穿了整个中世纪滚滚而来的伟大的宗教、哲学浪潮已经把他推到了这个境地。

　　是或不是，哈姆雷特为他自己提出的这个问题并不意味着"生存还是毁灭"。这不是一个黎民百姓而是至高无上的自我、国王和父亲为自己提出的问题：是做国王、父亲或是不做，是进入至高无上的自我或者不是？而这决定乃是不做。

　　这是全部文艺复兴运动不可避免的哲学结论。人最深刻的冲动，即宗教冲动就是想要成为永恒或无限、或是尽善尽美的欲望。这种冲动在完成了一个理念、实现了一个稳固的进步时得到了满足。在这种进步中，人得到了满足，他仿佛已经以接近于这个目标而采取的每个步骤达到了自己的目的，即这种无限、这种不朽、这种永恒的存在。

　　同样，根据他关于完成的概念，人确立了全部的生活等级。如果我的完成就是那个与我同一的未知的神性自我的完成与确立，那么，我将继续去实现自我的最伟大理念、我本人的最高概念，我的生活等级就将是君王的、帝王的、贵族的。而国家也将在肉体的这种神性中达到顶点，这个国家浸透了荣耀、笼罩了神性的力量和权力，带有君王和帝王的气势。同样，我也希望国家有一个荣耀的强大的君王、帝王和暴君，从中我也看到自己达到了尽善尽美和完满。这是不可避免的！

但是在中世纪期间，在这种异教的、原初的欣喜，即自我的欣喜中挣扎的是一种渺小的不满、一种渺小的相反的欲望。在君王和教皇的队列中有一位圣子耶稣和圣母。圣王耶稣渐渐减弱了。而这里出现了孤立无援的圣子耶稣，任凭整个世界支配。在这个世界里耶稣被钉上了十字架。

自我旧有的欣喜、旧有的完满和大卫的心醉神迷、把各种力量与荣耀集中于自身，通过把万物吸收于自我而成为无限，所有这些渐渐也变成了不满。这不是无限，这也不是永存。这是永恒的死亡，这是罚入地狱。

僧人带着他相反的心醉神迷，即基督教的心醉神迷而兴起了。这里有一种死亡，即肉体、自我要死去，必须死亡，因此，精神应该再度成为永存、永恒与无限而兴起。我在自身之上死去了，但是我在无限中生存下来。有限的我不复存在，只有无限，只有永恒才会存在。

在文艺复兴运动中，这个伟大的半个真理战胜了另一个伟大的半个真理。基督教的无限是通过一种过程而达到的，而这个过程是一种放弃的过程，是一种被吸收、被溶解、被扩散到伟大的非我之中的过程，是一种取代了旧有的异教的无限而成为完整的过程，在旧有的异教的无限中，自我就像树根一样伸展出许多拥抱了整个宇宙的枝杈与胚根，从而变成了完整。

世界现在在呼喊着：世上只有一个无限，这个无限就是关于非我中的放弃与完满的伟大的基督教的无限。另外的无限，即旧日的骄傲则是谴责。骄傲是万恶之源，是通往地狱之路。但是异教徒却把他们的生命建立在骄傲的基础上。

人们必须根据通过放弃与融入他人、融入邻居而达到的这个新的无限来构筑他实际的生命形式。到了萨伏那洛（Savonarola）❶和马丁·路德时代，活生生的教会真的改变了自己，因为罗马教会依然是异教的。亨利八世冷冷地说道："世上没有教会只有国家。"但是，到了莎士比亚那里，国家也发生了改变。国王、父亲，这尽善尽美的自我的典范，一切生命的最高形式，尽善尽美的存在的象征，这变化的终极、神圣与无限，他本人也必然消亡，必然终结。这个无限并不是无限，这种尽善尽美也并不是尽善尽美，所有这一切都是难免有错误的，虚假的。它是腐朽与腐败。它必须离去。但是，莎士比亚本人也是这样的事物。因此，他恐怖了，狂乱了，他自己厌恶自己了。

君王、帝王在人们的心灵中已被杀死了，旧日的生活秩序已经结束，古老的树木已经从根部死亡了。莎士比亚这样说。它最终是由克伦威尔扮演了。查理一世根据神权登上了君王的旧日宝座。像哈姆雷特的父亲一样，从另一方面而言，他是无可指责的。但是，作为人类现在发狂地痛恨的生活旧有形式的代表，他必须被砍去头颅，被杀掉。这是一种象征性的行为。

世界，我们欧洲的世界，现在已经真的转向了一个新目标、新概念，即通过舍弃自我而达到的无限，已经真的向着它掉转了方向。上帝即是一切非我的东西。当我的自我，这个牢固的反抗者，被化解和扩散到一切非我的东西：如我的邻人，我的仇敌，伟大的他在之中的时候，我才是尽善尽美的。那时我才是完美无缺的。

从这个信念中，世界开始渐渐形成了一个新的国家、新的国度，在其中自我将被消除。人世间将没有君王，没有王侯，没有贵族。世界在自己的宗教信仰中前进，它超越了法国大革命，超越了雪莱和葛德文的伟大运动。人世间将没有自我。至高无上的乃是那些身为非我、身为他物的东

---

❶ 萨伏那洛（Savonarola，1452~1498），意大利宗教改革家，城市平民起义的精神领袖。——译者

西。国家中的支配因素就是利他的概念，换言之，就是公益。而且，自从克伦威尔以来，国家中至关重要的支配因素一直就是这个概念。

在克伦威尔以前，这个概念却是"为了国王"，因为每个人都是在国王身上才看到了自己的尽善尽美。自克伦威尔以后，这个概念就变成了"为了邻人的利益"，或者是"为了国民的利益"，或者是"为了所有人的利益"。这一直是我们的支配性概念，凭借这个概念，我们才或长久或短暂地生活着。

现在这个概念已经失败了。现在我们说基督教的无限并不是无限的。我们像尼采一样试图返回到异教的无限去，想告诉人们那才是至高无上的。或者我们像英国人和实用主义者那样，想告诉人们："世上并没有无限，世上并没有绝对，唯一的绝对乃是权宜之计，唯一的现实乃是感觉与瞬息。"但是，我们可以这样说，甚至可以按照它去行动，*à la Sanine*。但是，我们从来不相信它。

真正绝对的东西乃是联结了两种无限的神秘理性，乃是联系了两种神性的圣灵。如果我们现在希望去创造一个活生生的国家，我们必须按照关于圣灵、至高无上的关系的概念去建立它。我们必须指出，异教的无限是无限的，基督教的无限也是无限的：这二者是我们的两种尽善尽美，在这二者中我们达到了尽善尽美的境界。但把它们联系在一起的只有绝对。

我们可以把这种圣灵的绝对称为真理或正义或权柄。它们有一部分是名称，是不确定的和不能令人满意的，除非这里备有关于两种无限、异教和基督教的知识，而它们则是它的联系纽带。当这里有了这二者时，它们就像一座壮观的桥梁，站在上面，人们可以认识整个世界，认识我的世界，认识宇宙的两个部分。

"*Essere, o non essere, èquil il punto*。" ❶

---

❶ 意大利文，"是，或者不是，二者取其一。"——译者

是或者不是，这是哈姆雷特要解决的问题。但它再也不是我们的问题，至少不是同一意义上的问题了。当它成为一个关于生死的问题时，时髦青年的自杀就说明了他的自我毁灭乃是他自身不容置疑的存在的最后证明。而涉及我们公共生活中的非有时，我们已经得到了它，正如我们历来所期盼的那样，正如必然的一样。而在私人生活中，返回到微不足道的自私则是一种信条。而在战争中，则是关于中立与虚无的问题。它是一个关于知道如何是，或不是的问题，因为我们必须回答这两个问题。

恩里柯·皮尔斯瓦利在说"是或不是"这句道白时是令人厌恶的。他用沙哑的耳语悄悄地述说这个问题，仿佛他正在考虑着手进行一次耸人听闻的谋杀。而事实上，他非常清楚地知道，而且在他的一生中他一直知道自己异教的无限，自己关于肉欲与男性在父权中的无上权威的狂喜都没有得到满足。在他的一生中，他实际上一直都对北欧的非我的无限卑躬屈膝，虽然他也在继续遵守意大利人的自我习惯。但它仅仅是习惯，是虚假的。

如果他仅仅是有与非有之间的一种感情脆弱的妥协，而且，他所希求的全部就是成为一种感情脆弱的妥协，那么，他如何能够对这二者有任何了解呢？他既不是此，也不是彼。他既没有有，也没有非有。他就像僧人们那样暧昧。他是令人厌恶的，装腔作势地说着哈姆雷特真诚的话语。他始终都不得不放手，始终都想去了解什么是非有，直至他能够如此。在他经历了基督教自我否定，了解了基督教的尽善尽美之前，他只是一堆杂乱无章的东西。

因为哈姆雷特的那些独白在一个方向中，就像人的灵魂那样深远，而在其本质上又像圣灵本身一样真诚。但是，谢天谢地，哈姆雷特在其中挣扎的那片沼泽几乎已被超越了。

奇怪的是，如果人们遮住自己的脸，闭上眼睛讲话，那么他就会变得多么重要和深刻呵。这位哈姆雷特的幽魂非常简单。他穿着一身长到双膝的宽大白袍，而在脸上蒙着一件透孔的方形羊毛披肩。但是，他语音中的天真、盲目、孤立无援与真实性都具有不可思议的说服力。在这戏剧中，他仿佛是最真实的事物。从膝盖以下，他是雷欧提斯（Laertes），因为他穿的是雷欧提斯的裤子和漆皮拖鞋。然而他是不可思议的真实，是来自黑暗的呼声。

鬼魂确实是这部戏剧的失败之一，它非常琐细、世俗，甚至庸俗。从一开始，它就使我扫兴了。还是孩子的时候，我就到票价两便士的巡回剧场去看《哈姆雷特》。那个鬼魂戴着一个头盔，穿着胸甲。我脸色苍白，紧张地坐在那儿。

"阿姆雷特，阿姆雷特，我是你父亲的鬼魂。"

然后从黑暗、沉默的观众中间传来一个声音，对我多情的心灵来说就像一把玩世不恭的利刃。

"为什么是竞技场，我能听出你的声音。"

农民们喜欢奥菲利娅：她身穿白色服装，头发拖到背后。可怜的人，她凄切哀婉，陷入疯狂。在哈姆雷特说出"呵，但愿这一个太坚实的肉体会融解、消散！"这句台词后，这是不足为奇的。她年轻的乳房和子宫又将如何呢？哈姆雷特对她发出了一声非常讨厌的叹息，但农民喜爱她。在这一幕结束时，剧场中出现了一阵粗哑的吼声，一半是愤慨，一半是激昂的爱慕。

坟场那一幕也是巨大的成功，但是我忍受不了哈姆雷特。这个意大利的掘墓人只是个小丑。就因为这个意大利人，"这个骷髅先生"，整个一幕在我看来都是滑稽可笑的。恩里柯这位漂亮的家伙把骷髅藏在自己黑色长袍的一个角落里。作为一个意大利人，他本应该不愿意去碰它。骷髅是肮脏的。但他看上去像个傻瓜，赫然显现出自己的悲哀。他像邓南遮一样妄自尊大。

闭幕是完全失败的。农民们曾为坟场那一幕的全部表演狂热地鼓掌。但在全场结束时，他们却站起来拥向门口，似乎在夺路而逃，竟然不顾恩里柯的最后的杰作：啪的一声从宝座平台的三个台阶上滚下来，仰面朝天地跌倒在舞台上。但是砰然的响声和拉紧的肌肉会弹跳起来，阿姆雷特先生又急速地高高跳起来。

"阿姆雷特"演出结束了，我很高兴。但是我喜爱这个剧院，我喜欢看着下面的农民们，他们是那样全神贯注。在每场戏结束时，男人们都把他们的黑帽子推到脑后，然后用一种愉快的、紧张的动作从眉毛向上去摩挲头发。而妇女则在座位上躁动着。

剧场中只有一个男人带了自己的妻子和孩子，他与我在圣托马斯遇到的老妇人属于同一个种族。他皮肤白皙，瘦而明亮，表情冷漠，他来自群山之中。他仿佛把自己的妻子、孩子一同带到了另外一种更优美的，像山间的空气一样的气氛中，而且看护着他们。这是真正的约瑟，是真正的儿童之父。他的容貌凶猛、冷漠，像鹰一样任性、奔放不羁，但是，他也像一头待在自己的巢穴中的鹰，凶猛中包含着爱。他走出去用一便士买了一小瓶柠檬水，母亲和孩子一口口地吸饮，他弯下腰去，就像一只雄鹰弓起了两个翅膀。

这是从原始的无限而来的自我的凶猛精神，但又是一个超然的、孤独的贵族。他不是意大利人，他的血统是个秘密。他像钢铁一般爽朗、锐利，带有山民的血性。他很像我遇到的老纺纱女工。奇怪的是，带着妻子和孩子他怎么竟然能在这剧院中营造出一个小小的与世隔绝的天地，仿佛雄鹰在闪着微光的天空下那个又高又干爽的巢穴。

狙击兵分成一组一组的，紧紧地挤在一起，因此在他们之间就出现了一种奇怪的、肉体上的联系。他们都剃了平头，脑壳黑黑的，有点儿像野兽的头，肩头很厚，黄褐色粗大的手搭在彼此的肩头上。当一幕演出结束时，他们就拾起自己心爱的帽子，披上大氅走进大厅。他们相当富有，这些狙击兵。

他们像初生的、尚未驯顺的牛，这些如此强健、刚毅、黑色的小伙子，身材粗壮，长着一颗颗异常坚实的头，就像年轻的、男性的石柱雕像。他们紧紧靠在一起，仿佛有一种肉体的本能把他们联系起来。而且他们绝无一点女性的习气。他们之间具有一种奇怪的互相吸引的力量，这是一种把他们所有人都抓住了的、使他们的心灵全都昏昏欲睡的肉体上的恍惚。当他们戴着自己佩有羽毛的帽子一起走出去的时候，他们往往靠得非常紧，似乎他们的身体必须靠在一起不能分离，在他们之间存在着一种奇怪的催眠性的协调一致。于是他们在这种沉重的、肉体的恍惚中感到了安全和满足。他们互相爱慕，年轻的男子爱慕年轻的男子。他们从远处的世界，从局外人那里，从一切不属于他们兵营的狙击兵的人们那里退缩回来。

有个男人看上去像个头目。他身材很挺拔、结实，结实得像一堵墙，意志深沉，无懈可击。公鸡的羽毛从他那顶用黑色油布制成的帽子上蜿蜒流下，仿佛是一条河水丰沛、凝重的溪流，几乎流到他的双肩。他摇晃着，他的羽毛像一叠叠的瀑布滑下来。那时他正向大厅走去，羽毛华丽地抛上抛下地跳动着。他的日子肯定很富裕。狙击兵都是自己出钱去买黑色公鸡羽毛的，有的人为了一束羽毛甚至要花二十或三十法郎，女教师这样说。那些贫穷的狙击兵只能买些低劣、参差不齐的羽毛。

这些男子汉中存在着某种非常原始的东西。他们真的使我想起了阿加门农那些群集在海岸上的士兵，他们是男人，活生生的、朝气蓬勃、实实在在的一群男人。但是，这些意大利人身上有一种压力，仿佛他们是一些石柱男子雕像，他们的头上承受着巨大重量，使他们的头脑坚硬、昏昏欲睡，被打蒙了似的。他们所有人的头脑看起来都好像被打蒙了，仿佛世界上还存在着另一个他们生活在其中的实在的意识中心。

与他们所有人分开的是皮埃特罗，这个年轻人正懒洋洋地靠在码头上，以便到汽船上去取些东西。当某个人拍了拍他的肩头时，他突然从睡梦中跳起来，像只野猫似的。这是那种四面树敌的男子的惊跳。他几乎就是亡命之徒。他是否会锒铛入狱呢？他是村子里的流浪儿，令人十分厌恶。

他今年二十四岁了，又黑又瘦，但很俊俏，带着猫一样的光亮和优美，在他的脸上还有一点惹人嫌恶的流浪儿的邪念。在那里，每个人都非常干净、整齐，而他几乎是衣衫褴褛。他的胡须已经长了一个星期，在微微塌陷的两颊上显得很黑。他厌恨那个拍他肩头把他唤醒的人。

皮埃特罗已经结婚了，可是一举一动却仿佛他还没结婚。他一直在与一个放荡的女人调情，这个女人就是肤色像香橼一般的理发师的老婆，西西里人。于是他坐到剧场中妇女坐的那一边，坐在一个从波格利亚柯来的青年后面，他的名声也不好，和她聊起来。他向前倾过身去，把手臂搭在前面的座位上，然后伸开苗条的、猫一样的柔软的腰。旅馆老板娘讨厌他，轻蔑地用德语说了一句："*ein frecher Kerl*，"❶ 然后把脸转向了别处。她讨厌看到他。

在村子里有一个教士团体，它是多数派，村里还有一个反教士的团体，另外还有一些流氓懒汉。教士派的人肤色发黑，虔诚、冷峻，他们身上有一种罕见的岩石般的冷峻、沉重的黑色，遵守道德，表情阴郁。而反教士派以市政官（the Syndaco）为主流，就中年人而言，它是资产阶级的、令人尊敬，它的陈腐、讲究体面像一堵墙一样把教士派的人拒之门外。反教士派的青年人是这个地方的青春血液，男人们每个夜晚都聚集在更高档却更不体面的咖啡店里。这些青年男人全部都是自由主义思想家，高超的舞场能手、歌手、吉他演奏手。他们不讲究道德，甚至有些玩世不恭。他们的领袖是一位年轻的店主，曾在维也纳生活过，他有点鲁莽粗俗，温和的本性带有一层轻蔑的冷嘲。他生活富裕，常常和那些无所顾忌的青年男子一起举办一些只有放荡女人光顾的舞会。他也举办一些开心消遣的聚会，而且在这次狂欢节中，他负起了主要责任，请来了演员。这些青年男人是令人厌恶的，但他们属于一个重要的阶级，他们生活都很富裕，而且掌握了村里的生活。教士派的农民受教士控制，他们很善良，因

---

❶ 德文，"一个厚颜无耻的东西。"——译者

为他们贫穷、胆怯而又迷信。最后，还有一些星星散散的放荡女人，其中有一位开了一家小旅馆，那些士兵就在那里喝酒。这些女人有自己固定的社交范围。她们知道自己是些什么人，她们也不打算假装别的什么正经人。但她们不是妓女，只是些放荡的女人。她们与自己的小圈子待在一起，无论是在男人里边还是在女人里边，但从来不打算牵扯任何别人。

在所有这些人之外，还有一些圣方济各会的男修道士，他们身穿棕色长袍，极腼腆，极沉默，也极不引人注目，他们站在店铺中后面的地方，等待着为修道院买面包，悄悄地、不声不响地等待着，直到店里再也没有人要买东西了。村里的女人们用一种奇怪的、不偏不倚、正经而又稍有一些轻蔑的语音和他们讲话。他们的回答也不偏不倚而又谦和，但是清楚明白。

在剧场中，现在戏已经演完了，农民们戴着黑帽子，穿着长袍挤在大厅里。只有皮埃特罗这个码头上的流浪汉没穿长袍，也没戴黑色毡帽，而是在头顶的一侧扣了一顶小便帽。他单薄、精力充沛，猫一样的身体穿着单薄宽松的衣服，他很冷，但他并不在意。他常把双手放在衣袋里，两肩微微耸起来。

有几个妇人溜回家去了。在小小的剧院酒吧里，那些富裕的青年无神论者又喝上了。他们这样喝，花不了多少钱。一平底玻璃杯的葡萄酒或一杯苦艾酒，只花一个便士。而且这葡萄酒是刚刚新酿的。然而那位小个子面包师阿古斯提诺坐在一条长椅上，把面色苍白的婴儿抱在膝盖上，把葡萄酒举到孩子的唇边。婴孩仿佛尚未睁眼、羽毛未丰的小鸟那样喝了一点。

剧场的楼上，身份高贵的人正在互相拜访、握手：市政官和那位富裕的算是半个奥地利人的堆木场场主贝尔托里尼在炫耀地显示他们的友谊，我们的旅店老板皮埃特罗·第·波利先生在紧挨近舞台的包厢里拜访了他的亲戚格拉齐亚尼一家人，而且在两次幕间休息时到我们的包厢里坐了坐。与此同时，他的两个农民则站在下面，这两个悲惨的、瘦弱的旧式农夫就像饱经风霜的石块仰望着我们，仿佛我们就是天国里的天使，他们的眼神恭敬虔诚，他们自己远远地站在下面，站在后面的壁洞里，比任何人都低。

药剂师、杂货商和女教师也互相看望。他们都不自然地坐在自己的包厢前面摆出姿势，就像他们本人加了框的照片。第二个杂货商和面包师也互相探望。理发师顺便看望了一下木匠，然后下楼消逝在人群中。阶级的差异分得一目了然。旅馆的老板娘是个巴伐利亚人，当我们走过她身旁时，我们停下来和我们自己的老板第波利谈起来。他们和我们热情地握了握手，和我们热情奔放而又斯文地谈起来，但是对玛丽亚·萨缪埃利只是远远地鞠了一躬。我们知道我们犯了一个错误。

理发师，不是那位西西里人，而是浮华、矮小的露奇，他戴着一个大领环，一头卷发，对剧院了如指掌。他说恩里柯·皮尔斯瓦利一直在追他的老板娘加丽纳，就是《群鬼》中的侍女，《哈姆雷特》中那位瘦弱、文雅的、看上去年龄很大的国王是阿德莱达的丈夫，而加丽纳则是他们的女儿，那个年老、尖刻、身体胖而矮小的皇后是阿德莱达的母亲，他们都喜欢恩里柯·皮尔斯瓦利，因为他是个极聪明的男人，但是，喜剧《才华横溢的方济各》是令人不满意的。

在主显节这一周的三场演出中，剧团挣了二百六十五法郎，这是惊人的收入。经理恩里柯·皮尔斯瓦利和阿德莱达每场演出，或者说，有演出的每个夜晚，为剧场付二十四法郎租金，其中包括照明。剧团对在加尔达湖受到的招待极其满意。

就这样一切都过去了。狙击兵一路奔跑着回家去了，因为时间已经过了十点半了。夜黑极了。湖的上方约有四英里，奥地利边境的探照灯在晃动着，在搜索走私者。除此之外，世界是一片漆黑。

第四章

圣高登札奥

在秋天里，小小的玫瑰色的仙客来盛开在加尔达湖这边西岸的阴凉处。它们冷冷地散发着芬芳，它们的气味仿佛属于希腊、属于酒神巴库斯的女伴。它们是属于往昔的真正的花朵。它们似乎要在费德拉（Phaedra）和海伦的田野中才能盛开。它们弯下腰，笼罩在大地上仿佛是一些小小的寒冷的火焰。它们是一些短小的活生生的我无法理解的神话。

仙客来开过之后，圣诞玫瑰就含苞欲放了。在这个季节，花园中的树木上，不结果的幼芽已经成熟了，所有落尽叶子的树木都挂满了有光泽的、橘黄色的天堂般的果实，映衬着萧瑟的蓝色天空闪闪发光。月季花依然脆弱地盛开着粉红色的花朵，另外还有一些猩红色和黄色的玫瑰。但是，葡萄已经光秃秃的了，柠檬屋也已关闭。于是在隆冬的日子里，圣诞玫瑰最下面的嫩芽就出现在篱笆、岩石下面和小溪旁边。它们可爱极了，这些最早的、大个的、冷冷的纯洁幼芽，就像紫罗兰，就像木兰花一样，但是，它们是寒冷的，借助白雪的光明点亮了自己。

日子一天天过去，经过了冬日短暂的沉寂，那时的阳光是如此宁静和纯洁，就像加了冰的葡萄酒；失去生命的叶子放射着棕黄色的光彩，溪水在沟壑中发出沙哑的鸣响。这是如此宁静而超然，一棵棵柏树泰然自若地宛如被人遗忘了的黑暗中的火焰，在夏日结束时，它早就应该熄灭了。因为正像我们用蜡烛去照亮黑夜一样，这些柏树也是使黑暗在灿烂阳光中燃烧的蜡烛。

这时候圣诞玫瑰多了起来。它们从靠近地面的地方，从已经萌芽却完整无缺的谦卑中挺立起来，它们长高了，展现出自己水晶般的枝叶，变得清秀了，在一条铺满石块的溪流的阴影中，这些圣诞玫瑰是一片片充满信心的、神秘的、洁白的颜色。看到这些花朵简直令人不可思议。它们是黑暗、洁白和神奇的花朵，令人难以置信。

于是它们的光泽变污了，变成黄褐色了，它们融化了，绽裂了，散开了，最后消失了。樱草花已经开花了，杏树也已抽芽。冬天正在逝去。当黄昏来临时，在群山之上，炫目的白雪闪烁着杏黄的金光，金灿灿的、杏黄色的，但是，它太明亮了，几乎令人感到恐怖。当万物都是一片幽暗的时候，如此强烈的光芒会是什么景象呢？它是天地之间某种非人工的、浑然天成的东西。

整个冬天里，天空都是奇妙而傲慢的，它不用考虑暗淡的大地，我行我素地向前走去。黎明露出白色和半透明的光彩，在黑黢黢的山间，湖泊像一块熠熠发光的奇石，湖的对岸伸展着一层火样的光，然后在白天中出现了一道完整的橘黄色的闪光。白天有一段微妙、寂静无声的时光，然后傍晚出现了晚霞，一片巨大的熊熊放光的玫瑰色高悬在天空，闪烁着，仿佛一群欢歌笑语的天使。它们放射着光明，就像一支欣喜若狂的合唱队，然后消逝了。大而闪闪发光的星辰升了上来。

与此同时，樱草花在大地上露出了萌芽，它们的光亮越来越强烈，在湖岸上，在灌木丛下扩散开来。在橄榄树树根之间，紫罗兰长了出来，大朵的白色的素雅的紫罗兰，还有那些淡蓝色的紫罗兰。向山下望去，橄榄树叶灰蒙蒙的烟霭之中，一团团粉红色云雾正在升腾。那是杏树和李树，呵，春天来了。

　　很快樱草花在大地上就强壮起来了。满岸微小的、脆弱的藏红花把嫩叶撒遍了这春天的土地。然后一簇簇青草，一簇簇樱草花繁茂地长了出来，在岸边、路边、小溪旁、在橄榄树树根周围，到处都是完满无缺的清晨，都是地上长满樱草花的清晨。还有一条由许多紫罗兰组成的似有若无的花带，还有一串串可爱的蓝色的獐耳细辛，这真像一片片透过清澈明亮的樱草花显现出的蓝色天空。几只小鸟正在轻声、羞怯地啁啾，溪水又重新唱起歌来，这里还有一丛叫不出名的灌木正在开花，喷吐芬芳，挂满了清香的猩红色和金色的低垂的花朵，仿佛就是波希米亚的玻璃器皿。在橄榄树树根之间，新生的青草正在生长，大地上，日子飞快地变化着，豁然开朗，五色缤纷，这是春意正浓的日子，是充满最初欣喜的日子。

　　它是要匆匆成为过去呢，还仅仅是要减却它那古远的韵味呢？它变得深沉了，浓烈了，就像人生阅历一样。日子仿佛更浓、更绚丽了，劲健的空气中有一种力的感觉。湖畔上，兰花也开了，湖边到处都是淡蓝色的蜂兰，鲜明地挺立在浅浅的青草中。山谷中长着麝香兰，紫得就像正午的空气，带着浓浓的、撩人情欲的正午的芳香。这些花朵长着许多充满乳汁的浆果，它们成熟了，晒得发黑，仿佛就是长着许多乳房的女神狄安娜。

　　既然白天已经是一览无余的朗朗晴空，既然傍晚也已久久地沐浴在阳光之中，要在村子里继续生活下去，我们实在忍受不住了。我们上面的群山在明净的空气中闪烁着，在这时节，我们怎能忍受得了室内的生活。这是振奋起来随着太阳一起攀登的时刻。

　　因此，过了复活节，我们就到圣高登札奥去了。它离这里有三英里，有一条蜿蜒曲折的骡马山路通向那里，沿湖越攀越高。离开村庄最后的一座房屋，山路在陡峭的峦嶂壁立的湖边盘旋着，折入一个山谷。由于山崩，山谷中混杂地布满了大大小小的岩石，然后山路又穿出来，通到高高悬在湖上的一个地岬的峭壁上。

　　我们就这样来到了圣高登札奥高大、上了门闩的大门前，门上有一块常见的火灾保险的小木牌，再有就是用意大利文书写的啤酒广告："弗龙纳啤酒"，这种啤酒现在越来越出名。

走进大门，高墙之内是一座小小的伊甸园，园子建在湖上面的一个地岬上，土地相当平整，有三四英亩大小。高墙围住了园子靠土地的一侧，它完全与世隔绝了。靠湖的一侧，山地急剧的落差把园子封闭了，陡直的湖岸和坡地上长满了圣栎和月桂丛，一直向峭壁的边缘降落下去，因此，长在最前面的斜坡上的灌木丛似乎就成了这个园子的屏障。

那间粉红色的农舍几乎就立在这小小的园子的中心，周围是橄榄树。它很坚固，有六间房子，大约建造五十年了，保罗的叔父曾经重建过。我们要在这里住一段时间，一起住的还有玛丽亚·费欧利和保罗，此外还有他们的三个孩子，乔万尼、马可和费里希纳。

保罗继承了，或者说是部分地继承了圣高登札奥，这个庄园在他们家族已经传了好几代了。他是一位五十三岁的农民，性格非常欢快，满脸皱褶，疲惫不堪的样子，但他身躯健壮，四肢肌肉发达丰满，胸膛强壮有力。他的面孔已经老了，但身躯却依然结实有力。他的双眼蓝得就像上层的坚冰，非常漂亮。他原是一个长着满头秀发的男子，现在头顶几乎全白了。

他酷似意大利北部绘画中的农民肖像，带着同样奇妙的高贵感，同样静止不动的、贵族式的、永恒的容貌，宛如一尊雕像。他的头很坚硬，而且俊俏，骨骼结构得很优美，尽管由于辛劳脸上的皮肤已经松弛，布满了沟痕。他的两个太阳穴是那样漂亮、明澈，在曼坦纳 ❶ 的绘画中可以看到这样的描绘，几乎就像珠宝一样珍贵。

我们都喜欢保罗，他的生命是如此精致完美，如此超然，伴着一种几乎是古典式的质朴和文雅，一种永恒的稳健。他身上还有某种已确定了

---

❶ 曼坦纳（Andrea Mantena，1431~1506），意大利文艺复兴初期巴杜亚画派著名画家。精通透视学、擅长钢版画。受佛罗伦萨画派影响较深，画风严谨。他对古罗马艺术及文物深有研究，但常模拟其艺术处理方法，因而作品有些乏味。作品有《凯撒的凯旋》《哀悼基督》等。——译者

的、不可更改的东西，某种难以捕捉的东西。

　　玛丽亚·费欧利则不同。她来自平原，与恩里柯·皮尔斯瓦利和那些狙击兵一样来自威尼斯地区。她使我又一次想到了那些牛，宽宽的骨架，硕大的身躯，黑色的皮毛，生性迟缓。但是，就像平原上的牛，她熟悉自己的工作，熟悉其他忙于工作的人。她的智力专注而且有的放矢。结婚前，在威尼斯和维罗纳她曾当过女管家和女佣。她已经掌握了这个商业世界及其活动的诀窍，她曾经打算驾驭它们。但是，由于沉重的动物血统，她被拖了下来。

　　保罗和她处于宇宙的两极，一个是光明，另一个是黑暗。然而他们现在没有隔阂地、超然地生活在一起，他们每个人都从属于他们的共同关系。涉及玛丽业，保罗就会把自己忽略，反之，涉及保罗，玛丽亚也会忽略自己。他们的心灵是沉默的、超然的、彻底分离的两个部分，它们是沉寂的、寂静无声的。他们共同享受着婚姻的肉体关系，仿佛这是他们身体之外的某种第三者的东西。

　　在他们联系结合的早期阶段，他们遭受了极大的痛苦。现在风暴早已平息，离开了他们，似乎已经精疲力尽。他们二人生性都是多情的、激烈的。但是，他们激情的表现方式是相反的。妻子的激情是原始、粗犷、猛烈的热血的奔流，易动感情，不加区别，但是想要调和与交往。而丈夫的激情则是来自骨骼的、明确、坚硬、无懈可击的激情，经过精心冶炼，不可动摇。妻子是一块燧石，丈夫却是一块钢铁。但是，在它们连续不断的互相击打中，他们只能互相毁灭。那激发出来的火光是第三种东西，既不属于她，也不属于他。

　　她依然那样沉重，充满欲望。她比他年轻多了。

　　"结婚之前，你和你夫人认识多久？"她对我问道。

　　"六个星期，"我说道。

　　"我和保罗，二十天，三个星期，"她感情激烈地用意大利语喊道。当她们结婚时，她们只认识了三个星期。她对这个事实依然沾沾自喜。保罗也是如此。但这已是过去，已是不可思议的，甚至是可怕地过去了。

　　当他们走到一起的时候，保罗和她，他们要做什么呢？他那时已是年逾三十的男人，而她是年仅二十三岁的女郎。他们都有强烈的欲望，坚强的意志。他们一旦走到一起，就仿佛是两个势均力敌的摔跤手。他们的相遇肯定相当精彩。乔万尼是长子，是个个子高高的十六岁的少年，长着柔软的棕黄色头发和灰色的眼睛，额头线条分明，还有那和保罗同样文静质朴的举止，保罗就因为这种举止变得非常完美了，但是，这个儿子同时又长着有些棕黄色的皮肤，气质凝重，这是来自母亲的。保罗非常明澈，几乎是透明的。

　　在乔万尼身上，父母融合得天衣无缝，他是来自燧石与钢铁的一颗完美无瑕的火花。保罗在情感中具有微妙的理智，他能细致入微地欣赏别人。但他的心灵缺乏才智，他无法把握一种新的状况。玛丽亚·费欧利则机敏多了，对世界的各种方式更能适应。保罗有一种几乎是玻璃般的品格，开朗、明澈，极其温和，但他也是已经完成的、美的、脆弱的。玛丽亚则粗鲁多了，也更俗气，但她也更有人性，更有孕育能力，带着天然的潜在力量。他的激情在运动中太僵化了，而她的激情则太不固定，四处奔流。

　　但是，乔万尼漂亮、文雅，像保罗一样高贵，但他的热情像玛丽亚，像一位生气或受了挫折的姑娘，随时都会激动起来。他身材挺拔高大，仿佛要用他那双清亮的灰色眼睛向远处眺望一般。然而他也可以看着某个人，用他的目光问候某个人，他能与人交往。保罗的蓝眼睛与纺纱老妇人的眼睛一样，清澈、蔚蓝，它们属于这些群山，它们的视力仿佛直达天际，是深邃的。他们的眼睛使我想到了雄鹰的眼睛，它们可以向着太阳一直望去，它们教自己的雏鹰也这样做，尽管雏鹰并不情愿。

　　马可是他们的次子，十三岁了。他是母亲的宠儿。而乔万尼则最爱自己的父亲。但是，马可长得很像母亲，肤色同样是棕色、金黄色和红色的，就像一枚石榴，头发粗而又黑，棕色的眼睛像鹅卵石，像玛瑙，也像动物的双眼。他的身躯同样宽大，像牛一样，虽然他还只是个孩子。他也有某些不协调的地方。他是不统一的，他缺少一致性。

他很强壮，充满动物般的生命力，但往往漫无目的，他的智慧似乎无法控制他。他对母亲的爱是一种原始的、慷慨的、不加区别的爱，只是他常常忘记了自己要去做什么。他远远比玛丽亚更敏感，更羞怯，也更勉强。但是，他的羞怯与敏感只能使他更加漫无目的和笨拙，使他成为一个令人生厌的小丑，毫无生气，不受控制、没有才智。他母亲从早到晚冲他喊叫，尖声吼叫，责骂，甚至生气地打他。他却毫不在乎，事情过后他又高高兴兴地跑回来，就像一块软木塞从水底浮上来，热情、淘气和用各种古怪的方法去讨好。她对他的爱是一种基于痛苦的、强烈的保护性的爱。他的灵魂中存在着这样一种裂痕，一种矛盾，一部分反抗着另一部分，这使他常常陷入麻烦。

在马可还是个婴儿的时候，保罗就到美国去了。在圣高登札奥，他们是穷人。那里有几棵橄榄树，葡萄和果树，但只有一头母牛。这些几乎无法维持生活。玛丽亚再也无法满足于纯粹的农民式的命运，中午的玉米面粥，晚餐的菜汤，没有出路，没有指望，没有未来，只有永远如此的现在。她曾经做过佣人，曾经吃过面包，喝过咖啡，也见过波动而变幻的人生机遇。她已经摈弃了旧有的静态的概念。如果有一定的机遇，她知道一个人将会变成什么样子。她反对因循守旧的生活。因此保罗到美国，到加利福尼亚去了，到那里的金矿去了。

玛丽亚需要未来，需要世间生活中无尽的可能性。她希望自己的儿子能有更多的自由，走上人生的新境界。她说农民的生活就是奴隶的生活，她抱怨贫穷和劳苦。这是千真万确的。保罗和乔万尼每日工作十二小时，十四小时，那种繁重的体力劳动会把一个英国人的骨头累断的。而且到头来，却是一无所获。可是保罗还是那样高兴。对他来说，这就是真理。

但是，母亲却希望有不同的生活。正是她在不断抱怨着农民苦难的日子。当我们把一块破碎的发干了的廉价白面包卷扔去喂鸡时，玛丽亚就会用愤怒、羞愧和愤懑的声音说："把它给马可，他要吃。他不嫌它太干。"

甚至到现在，人人都吃上面包的时候，白面包对他们来说也是美味佳肴。玛丽亚·费欧利痛恨这个事实，对她的孩子来说，面包将是一顿美餐，而对世界上其他的人来说却是最不值钱的食物。她反抗这种命运。她不希望自己的儿子们当农民，像一棵棵打入泥土的木桩，不能走动，不能活动。她希望他们走入生活的伟大潮流，面临各种各样的机遇。因此，最后她把保罗送到美国的金矿去了。与此同时，她又用招贴画把自己客厅的墙壁糊起来，把外部世界中的城市和工业带到自己的家中。

保罗与玛丽亚的世界相隔万里。他甚至还没有体会到什么是金钱，没有彻底地体会。他指望的是土地和橄榄树。因此对自己的境况，甚至对自己的食物，抱着一种古老的宿命论态度。土地是属于上帝的，丰收、歉收只有听天由命。保罗只能尽自己的本分，其余一切都听之任之。如果他有丰盛的食品，在家里有油、有酒、有肉肠，有大量的玉米饭，他就感谢上帝了。如果他只有粗粝的饭菜，只有可怜的玉米粥，那么，这是命运，这是上天的安排，任何人都不能安排天上的事。他认为自己的命运就是从天上降临的。

玛丽亚则对金钱丝毫不肯通融。她对我们得到的一切，对为我们做的任何事情都要收费。然而，她的灵魂并不卑下。在她的灵魂中，她是因为自己的窘迫而处于愤怒状态的。这违反了她的强烈的动物本性。但是，她的心灵已经意识到金钱的价值。她知道，通过金钱她就可以改变自己的地位和孩子的地位。她知道只是由于金钱才造成了主仆之间的差别。而这就是她将要记住的全部差别。因此她根据金钱来安排自己的生活。她至高无上的热望就是做女主人而不是仆人，她对自己的孩子们至高无上的渴望就是他们最终能够成为主人而不是仆人。

保罗对所有这一切都无动于衷。对他来说，一个主人是具有某种神性的，即使是美国也不曾把它毁灭。如果我们为了晚餐到他们家里去，他们一家人正在吃饭，那么，他会立即让孩子们端着自己的碟子到一边去，他会立即让玛丽亚为我们备饭，尽管他们自己还绝对没有吃完饭。但这并不是奴颜婢膝，这是一种宗教概念的尊严。保罗认为我们属于统治阶层（the Signoria），他们是被拣选出来的人，离上帝很近。而这是他宗教侍奉的一部分。他的生活就是一种礼仪。这是非常美好的，但它使我感到闷闷不乐，他纯洁的精神是如此神圣，而这些事实本身却仿佛是对它的亵渎。当玛丽亚说金钱就是唯一的差别时，她更接近实际的真理。但是保罗已经把握了一种永恒的真理，而玛丽亚掌握的却是短暂的真理。只是保罗错误地应用了这个永恒的真理。他不应该把低下的位置留给乔万尼，而把优越的位置让给一个肥胖的、卑鄙的意大利商人。这是虚伪，是十足的虚伪。玛丽亚知道这一点，她痛恨这一点。但是保罗无法区分靠幸运而成为富有的人与精神上的贵族。因此玛丽亚连他也一起否定了，她走向了另一个极端。我们像她本人一样都是人，都是血肉之躯，在我们之间并无差别，并无高下之分。但是我们比她占有了更多的金钱。她不得不在这两种概念之间掌握自己的航线。仅仅是金钱就能造成这实际的差别，这种分离；而存在和人生却造成了共同的基础。

保罗也有一种稀奇古怪的农民式的贪婪，但是那并不卑鄙。这是某种宗教性的对自己力量、对他自身的保护。幸运的是，他能够把与我们有关的一切商业交易都交给玛丽亚，这样一来他与我们的关系就纯粹是礼仪性的了。他会把任何东西交给我，含蓄地表示一种信任；我会作为一位先生，作为那些比他这样一个农民更有神性的人，更接近完美之光的人去体现自己的本性的。对他来说，把园中的第一批水果拿给我们纯粹是无上的幸福，这仿佛就是把水果放到了祭坛上。

他是在一种良好的、微妙的、精致的关系中而不是根据习俗做这些事的，这些乃是微妙的相互欣赏。他崇敬更精细的理解和更微妙的机敏。对他而言，在举止中更优雅、更有尊严、更自由就是向着神性又前进了一步，因此他最喜爱男人，他们体现了他的心愿。而女人总是女人，而性是低层次的东西，在这上面他对自己也不尊敬。但是，作为男人，作为行动者和上帝的工具，他确实是神圣的。

保罗是个保守主义者。对他来说，世界是被创造出来的，而它的创造就是神圣的。他的视线只捕捉到很小的一圈。在更大的一圈之中，有更良好的本质、更高的悟性，它们领悟了整体。因此，当保罗与具有更广阔视野的男人联系时，他本人也向着整体被扩展了。这样一来他也被完善了。他最初曾经假设：每位先生，每位绅士都是具有比他更广阔、更纯粹的视线的人。这个假设是虚妄的。但是，玛丽亚曾这样假设：没有人具有比她更广阔的视野，没有人比她更该被拣选出来，我们所有人都是一个血肉之躯，都是一种存在。她的假设是更为虚妄的。保罗在实际生活中判断错了，但是玛丽亚却彻头彻尾地错了。

保罗事实上是保守的，他认为一个牧师肯定是上帝的牧师，但他却极少到教堂去。他常常使用玛利亚最不喜欢的一些宗教性誓词，甚至是煽动者玛利亚（Porca-Maria）。他经常使用的一些誓词，不是酒神巴库斯，就是上帝，或是马利亚，或是圣餐。玛利亚总是冒犯它们。她正是从内心深处对教堂和宗教表示嘲笑的。她希望人类社会是纯粹的，没有宗教的抽象概念。因此保罗的誓词激怒了她，因为它们是亵渎神明的，她说。但实际上，这是因为它们是对另一种超人秩序的认可。她嘲笑那些当牧师的人。当山上村里的教区牧师用口袋装着两头猪扛在肩上，向下穿过广场，穿过码头，走到坐落在湖边的大村庄时，她就大声嘲笑。在她看来，这就是神圣的牧师的真实写照。

有一天，一场风暴把房前一棵橄榄树刮倒了，保罗和乔万尼准备把树砍下来，穆吉阿诺的这位牧师也来到圣高登札奥。他是个肤色铁灰，瘦弱的，样子很难看的牧师，说起话来没完没了，嗓音很大，神经有些不正常。他仿佛是一位穿着牧师黑袍的老废物，他大声地说着，几乎是自言自语，就像醉汉一样。忽然，他一定要让费欧利看看怎样把这棵树砍下来，他极力把保罗的斧头要了过来。他又喊着向玛丽亚要了一杯葡萄酒。她把酒拿出来，带着一种极度轻蔑的恭敬递给他，她目空一切地蔑视这个人，但对这套服装却抱有一种传统的敬意。牧师一口气喝下了这满满装在平底酒杯中的酒，他瘦瘦的喉咙和突出的喉结一齐动了起来。他一个便士也没给。

于是他脱掉了黑色长袍，摘下帽子，这时一位滑稽可笑、穿着不合身的短裤的人物出现在众人面前，衬衫很不洁净，脖颈上围着一条红色围巾，他开始用极其夸张的动作去砍那树。他宛然是一幅漫画。玛丽亚站在门口，有些嘲讽地鼓励他，而这时她却向我眨眼睛。马可则在妈妈的围裙里忍住那种情不自禁的开心，而且高兴地跳跃着。保罗和乔万尼站在那棵刮倒了的树旁，很严肃地一动不动，莫测高深而又茫然。这时，小伙子走开了，走到门口去了，脸上泛起了红晕，做了一个怪脸，脸上的稚气也扭曲了。只有保罗静静地超然地站在树旁，面部没有变化，心不在焉，极为冷淡，他的眼睛一动不动，目光呆板，这种特色非常突出。

在这时，牧师醉醺醺地挥着斧头砍树，他那瘦瘦的大腿在深绿色的宽大衣服里蹲下去，坐到两条细细的小腿上，瘦瘦的喉咙在红色编织围巾里变成了深紫色的。不管怎样，他在拼命地干着。脸上已经大汗淋漓。他又要了一杯葡萄酒。

他没有注意到我们。他是个奇怪的当地人，甚至是个江湖骗子式的人物，但他从里到外都是本地人，是这个地区的一件附属品。

玛丽亚嘲讽地给我们讲了这位牧师的故事，她耸了耸肩，暗示他是个卑鄙的家伙。保罗脸上带着茫然的表情坐在那儿，仿佛是听而不闻，实际上并不在意。他从来不反对她，或与她相矛盾，只是一个人坐在一旁。她是那种做事粗暴、蛮横的人。但有些时候，保罗发起怒来，玛丽亚和大家都会害怕的。那是一种惊天动地的怒火，他的蓝眼睛闪烁着可怕的光，张开嘴巴，带着那老年复仇女神怪异的、扭曲的轻率。这有些像沉重、可怕的大面积的雪崩那样残酷。玛丽亚离开了，于是出现一片沉默。然后雪崩也停息了。

他们肯定发生过一些残酷的战斗，后来才学会了彼此彻底地脱离接触。马可肯定是在仇恨、可怕、分崩离析的对立与排他性之中孕育成人的。正是在此之后，在这个包含了他们互相之间的对立的孩子出世后，保罗到加利福尼亚去了，离开了他的圣高登札奥，和几个同伴像盲目的野兽一样先到了哈弗雷，然后到了纽约，最后到了加利福尼亚。他在金矿上，在一条荒野的山谷中待了五年，和一群意大利人在一片用瓦楞铁搭建的住宅区里一起生活。

在这段时间里，他从来也没有真正地离开过圣高登札奥。我曾问他："你是不是常常想这个地方，想这个湖，想巴尔多山，想山坡下的月桂树？"他努力想弄明白我想要知道什么。他说，是的，但并不肯定。我可以看出他从来都没有患过思乡病。在从哈弗雷到纽约的船上，那是极其悲惨的。他向我讲述了那种情景。他也向我描述了那些金矿，那些水平巷道和那个山谷，山谷中的棚屋。但是，当他在加利福尼亚时，他从来也没有为了圣高登札奥而真的烦躁不安。

实际上，在这段时间里，他一直是在圣高登札奥，他的命运被固定在这里了。他到外面去只是一次离开现实的短程旅游，是一种梦游。他把真实的自我留在了加尔达湖上面的土地里。那么他的身子虽在加利福尼亚，又有什么关系呢？那仅仅是为了一段时间，为了他自己的大地，为了他的田地而为之。他将从这个抵押中得到补偿。但是，家乡的大门永远是他的大门，他的手就在门闩上面。

至于玛丽亚，他感到自己对她的责任。她是他那片小小领地的一部分，是这世界上生了根的中心。他把钱给她送回家里。但是，在他内心深处，他从来没有过思念她的想法。他希望她和孩子平安无事，仅此而已。在他的肉体中，也许他想念过这个女人。但是，自从结婚以来，他的精神越来越彻底隔膜了。不但没有互相团结在一起，互相之间反而是越来越可怕地截然不同，越来越孤独了。他可以永远单独地生活下去。他有这种条件。他的性欲是功能性的，就像吃饭和饮水一般。去找个女人，找一个野营地上的妓女，或是不找，比起星期天喝不喝醉酒是无关紧要的。而在星期天，保罗常常要喝醉的。他的世界仍然没有变化。

但玛丽亚却更惨痛地受苦了。她那时是个年轻、强壮、情欲旺盛的女人，在肉体和灵魂上她都未得到满足。她灵魂上的不满足变成了一种肉体上的不满足。她的气质是凝重、猛烈、无政府主义的，她坚持认为所有的人血统都是平等的，因此也坚持她绝对有权得到满足。

她在圣高登札奥取得了售酒的执照，她可以出售酒。她留下许多丑闻。从表面上看，不知道是为什么，这些丑闻并未造成太大的影响。在怎样强化舆论这个问题上，地方上的各种机构自己也出现了分歧。教士派、激进派和社会党人就在争论遗留下来的宗教法规，有哪些是绝对的呢？除此之外，这些荒野的村庄就一直是无人管理的。

然而，玛丽亚还是遭受了苦难。根据她自己的信条，甚至她也是属于保罗的。她感到了背叛，被背叛和遗弃了。利刃已深深刺入她的内心深处。保罗已经遗弃了她，她被贩卖给其他的男人已经五年了。生活有某种残酷而无法平息的东西。她忧心忡忡、愁眉不展地坐在那儿，这只是因为她腹中躁动的胎儿，她内心深处是忧愁的、沉重的。

我从来不相信费里希纳是保罗的孩子。她是个不讨人喜欢的矮小的姑娘，矫揉造作、冷漠、自私而又愚蠢。玛丽亚和保罗都具有真正意大利人的高尚情怀，对她腹中的孩子是热情和自然的。但他们从自己内心深处不喜欢她，对他们来说，她是耻辱的果实。她之所以如此忸怩、愚蠢、矫揉造作，身材矮小得可怜，其原因就在于此。

保罗在她出生前一年从美国回来了，玛丽亚坚持说是在一年以前回来的。丈夫和妻子在一种完全否定的关系中共同生活着。在他的灵魂中，他为她感到悲哀，而在她的灵魂中，她感到被废弃了。傍晚，他坐在烟囱式壁炉旁边，抽着烟，常常是欢乐的、高兴的，没有任何时候去想自己是不幸的。这不幸只是默默地存在于他的潜意识中。但是，他茫然若失地扬起眉毛和眼睑，他的蓝眼睛圆圆的，在某种程度上甚至是精美的，尽管他的身体又是如此轻柔，精力充沛。但是，真正的本性已被扼杀了。在这房屋中，他仿佛是一个幽灵，他的喉咙松弛了，四肢强健有力，眼睛大大的，蓝蓝的，却已暗淡了，他的嗓音悦耳，微微有些沙哑，它似乎要用声音把过去倾诉出来。

玛丽亚则像一个农妇那样矮胖、强壮、漂亮，她到处走动，似乎身上负着重物，她的嗓音高而且刺耳。在她的生命中，她也已经完结了。但她依然未被征服，她的意志仿佛就是一柄毁灭旧有形式的铁锤。

乔万尼正在耐心地刻苦学习一点英语。保罗知道四五个单词，主要的就是"好了""工头""面包"和"白天"。这个年轻人已经记住了这些单词，他正在学习更多一点的单词。他很文雅，非常可爱，但他认为学习很困难。当他忘记了英文短语时，眼中就会闪现一种困惑的目光，像含着热泪一样。但他随身带着字条，他确实有了进步。

他也要到美国去。如果不做任何事情，他就将留在圣高登札奥了。他梦想到外面去。他也将会回来。对乔万尼来说，世界并不是圣高登札奥。

旧日的秩序，保罗与皮埃特罗·第·波利的秩序，至高无上的上帝、父神、主的贵族式秩序都正在从这美丽的小小领地上消逝。这个家族再也不能从命运的活动中，从土地上得到食物、油、酒和玉米了。土地已经被废弃了，金钱则取而代之。地主是上帝和命运的军官，如同亚伯拉罕一样，他也被废弃了。现在人世间出现的是富人的秩序，他取代了绅士的秩序。

它正在从意大利消逝而去，正如它已经从英国消逝了一样。农民正在消逝，而工人取代了他们的位置。稳定已不复存在。保罗是一个幽灵，玛丽亚则是活生生的身躯。对意大利人而言，新秩序就意味着忧愁，而这种忧愁更甚于它曾经为我们带来的忧愁。但是意大利人将会接受新秩序。

圣高登札奥已经变成了旧日的事物。在房屋建造的地方，土地陡急地向下面壁立高耸的山峰滑下去，玛丽亚无时不在担心费里希纳会在这块地方跌倒。房屋下面依偎着这片小小领地荒芜了的柠檬园。人们只有沿着小路向下走，走入它们之中，才能看到它们。它们站立在那儿，支柱和墙壁挺立着，但是，到处弥漫着死寂的空虚，一棵棵柠檬树都死去了，都完结了，只有几株葡萄还在那里。自从柠檬树因为一场病害而最后枯萎，再也没有恢复生机以来，到现在仅仅二十年。但是，这荒芜的梯田，夹在高高的墙壁之间，在一片开阔中全都向南面、向湖面、向对面的山峦降落下去。这比起沉寂的、完全与世隔绝的庞贝古城似乎更加可怕。麝香兰在缝隙中开着花，蜥蜴也在奔跑，这块奇妙的地方高悬在空中，被人遗忘了，永久地被人遗忘了，它那一根根挺立的支柱完全没有意义了。

我常常坐在柠檬屋宽大的阁楼中写作，高高地、远远地离开了地面，空旷的前方让对面的湖，让沐浴在晚霞之中的雪山迎面扑来。陈旧的席垫和木板，破旧、无用的栽培柠檬用的工具在这荒凉的地方投下了一些阴影。这时往往会从后面远远的高处传来喊叫声：

"回来，回来，吃饭了。"

我们在厨房中吃饭，橄榄和月桂树的木柴在宽大的壁炉里燃烧着。晚餐常常是喝汤。饭后我们就做游戏或打牌，所有人都参加，或者，是唱歌，有手风琴伴奏，有时还会有一位粗犷的山区农民弹奏吉他。

但是，这一切都成为过去了。乔万尼现在在美国，除非他必须回家入伍参加战争。他说，只要他成年了，他就不想在圣高登札奥生活。即使他和马可没有在那场正在湖那边进行的战争中死去，他们也都不想把自己的生命消磨在从布满石块的土地中榨取很少的油和酒的日子里。现在我在靠近柠檬屋的阁楼中就能听到炮声。当我向汽轮走去的时候，乔万尼带着一种恳求亲吻了我，仿佛他在恳求得到一个灵魂。他的双眼明亮、清澈，被勇气点燃了，他将要为自己所希望的新的灵魂进行一场激烈的战斗，也就是说，如果他们能在这场战争中幸存下来。

第五章

舞　　蹈

玛丽亚并没有真正得到在圣高登札奥售酒的正式执照，但是农民们还是常常到这里来喝酒。在意大利这是很容易安排的。另找时间付钱就是了。

当遇到越来越陡峭的悬崖绝壁时，沿湖的荒凉古道往往要更高地向上盘旋，向那些高高坐落在上面的村庄蜿蜒爬行，在圣高登札奥高耸的院墙下面、在它与残破坍颓的教堂之间穿过。但是这条道路恰恰在葡萄藤之间，在房屋外面的高墙下穿过去，因为高高的大门总是敞开着，男人、女人和骡马都会走进庄园里，来到住宅门前去做一次拜访。这时会从外面传来高声的呼喊："喂，嗨，玛丽……亚，哦，噢，保罗！"而且里面也会传出一声粗犷的、口齿不清的喊叫，这时费欧利家的一个人就会出现在门口，招呼客人。

这个客人往往是男人，有时是来自上面的穆吉阿诺的一个农民，有时是来自荒野山中的农民，伐木者，或者是个烧炭工。他走进来，在屋中空地上坐下，一只手握着酒杯夹在两膝之间，或者把酒杯放在两脚之间的地面上，他用几句粗野的话扯起话头，很腼腆，仿佛是一只关在屋里的鹰隼，他的土话让人听起来很吃力。

有时我们也一起跳舞。这时为了要喝酒来了三个男人，带着曼陀林和吉他，坐在角落里弹奏着轻快的曲调，大家就在小小的客厅中满是尘土的砖地上跳起舞来。这里不邀请陌生的女人，只有男人；有湖边大村庄里的青年人，也有山上来的粗野男子。他们在这小房间里，一圈又一圈地跳着缓慢、拖曳而轻快的波尔卡—华尔兹，吉他和曼陀林的琴弦则急速地鸣响着，尘埃从松软的砖地上腾起。这里只有两个英国女人，因此只得像意大利人喜欢的那样：男人和男人跳舞。他们更喜欢与男人，与一个亲密的结盟兄弟一起跳舞，而不愿和女人一起跳。

"这样是不是更好，两个男人？"乔万尼向我说道，他的蓝眼睛发热了，面孔也奇怪地放出柔光。

伐木者和农民脱掉了外衣，他们的喉咙露出来了。他们跳舞时带着一种不可思议的拘谨，尤其是当他们的舞伴是个英国太太时更是如此。他们穿着厚厚靴子的脚却奇妙地敏捷，而且颇有章法。看到这两个英国女人和农民一起跳舞是很新奇的，农民们因为高度兴奋、惊奇而有些失态了。在这段时间里，农民们非常有礼貌，一直很少说话。他们看到女人睁大了眼睛，涨红了面孔，他们认为自己已经找到了立脚点，他们确信是这样。因此，这些跳舞的男人悄悄地不说一句话，即使这有些过分了，但他们的两脚还是灵便的，他们的身躯还是狂热而充满信心的。

当两位英国太太碰到一起时，她们茫然了，跳舞结束后，她们兴奋地笑起来。

"跳得开心吗？"

"开心！他们的手臂就像铁棍，带着你转！"

"是呵，是呵！还有他们肩上的肌肉！我从来没想到世上还有这样的肌肉！我差点没吓死。"

"但是，这挺开心，对不对，我对跳舞上瘾了。"

"对，不错，你只能跟他们去跳了。"

　　这时他们放下酒杯，吉他又奏出奇妙、震颤的，几乎是痛苦的呼唤，于是跳舞又开始了。

　　这是一场奇妙的舞蹈，奇妙、轻快，随着乐曲的变化而变化着。但是，它总有一种从容闲适的高贵，这是一种曼妙的波尔卡——华尔兹，亲切、激昂，然而绝不匆忙，它的激情中从来没有狂暴，但它却总能变得越来越紧张。女人们的面孔惊奇得欣喜若狂了，她们真正堕入欢快的节奏中了。红色的赭石沙尘从地面松软的砖地上腾起，形成了一片薄薄的烟尘，使阴影中跳舞的人变得迷蒙蒙的；三位乐师戴着黑色高帽，穿着长袍，隐隐约约坐在角落里，乐曲弹得越来越快，舞蹈也越来越急速，越来越紧张，越来越难于捕捉，男人仿佛要飞起来，仿佛在用另一种奇妙的交叉节奏的舞蹈包围着那些女人，而女人们则飘舞着，浑身抖动着，似乎有一阵微风轻妙地吹拂着，掠过了她们，她们的心灵在风中颤动了、发出了回声；男人们越来越急速、越来越活泼地舞动着双脚和两腿，乐曲达到了一个几乎无法承受的高潮，舞蹈进入了如醉如痴的时刻，男人们擎起了女人，把她们从地上旋起来，和她们一起跃起了片刻。然后，另一段舞蹈又开始了，更加缓慢，更加微妙地交织着，在每个互相关联的动作中享受到完美的、高雅的欢乐，大节拍套着小节拍，微妙地向着高潮起伏推进，越来越接近顶点，直到女人们精美绝伦地飞扬起来，旋转起来，那时女人的身影就宛如一条小船飞过了由男人强有力的、优美的身躯构成的波涛，一时间简直犹如受了神来之笔的点化，然后又再一次出现缓慢、紧张，就像开始翩翩起舞的那个时刻，总是不断地向前推进，推进，总会出现一个更加精美的高潮。

　　女人们仿佛欣喜若狂地等待着高潮的出现，到那时她们将被抛入一个旋转的动作中，它将超越一切动作。她们被抛起来，就如一只巨浪中的小舟避开了逆风，进入了极乐圆满的天国的顶点。

　　突然，舞蹈戛然而止，跳舞的人不知所措地站在那儿，茫然、困惑地在一片陌生的海岸上搁浅了。空中飘满了红色的烟尘，这红色有一半是壁上的灯光映照的，角落里的乐师们放下手中的乐器，拿起了酒杯。

　　跳舞的人围着墙坐下来，挤在这小小的房间里，因为不断出现的极度兴奋和狂喜而疲惫了。男人的脸上浮现着难以捕捉的微笑，难以捕捉，却又可以辨认，这微笑带有如此细微的性感，甚至有意识地去观看也难于发觉。而女人们则迷茫了，仿佛是受到强烈光线照射的动物。这光线依然停在她们的面孔上，就像是失明、眩晕和变形了一样。男人们用一个小锡盘托着酒杯，倚坐着，显露着他们引以为自豪的、生机勃勃的生殖器，他们的面孔闪烁着那同样难以捕捉的微笑。与此同时，玛丽亚·费欧利正在大量地往地上泼水。水的气息飘散在容光焕发、已经变了形的男人和女人中间，他们围坐在墙边，在另一个世界里忽隐忽现。

　　农民们选中了自己的女伴。伊尔·都罗❶选中了那个黝黑而俊俏的英国女人，她看起来就像一个稍有些恶意的圣母马利亚，而那位伐木者选中的是"*bella bionda*"❷。但是，农民们总是要等从下面村庄里来的纨绔子弟们挑选之后，才能轮到他们。

　　不管怎样，他们是无所顾忌的。他们不理解那些系着领带，戴着硬领和戒指的青年中产阶级为什么会胆怯腼腆。

　　山里来的那个伐木工人中等身材，又黑又瘦，坚实如一柄铁斧，双眼黑而且明亮，闪闪发光，仿佛夜间的一道强光。他完全是个未开化的人。他跳舞时带有某种不可思议的东西，他猛烈地抖动一个肩膀。他装了一只木腿，从膝盖以下装的。然而他跳得很漂亮，对此他异乎寻常地感到自豪。他精力旺盛就像一只小鸟，热情激烈仿佛带着雷电般的能量。他要和那位金发碧眼的太太跳舞。但是他一句话也不说。与其说他是个活人，还不如说他是某种狂暴的自然现象。在他的怀抱中，这个女人开始有点儿枯萎了。

---

❶ 意大利文，意为："铁石心肠""铁汉"……是书中一个人物的绰号。——译者
❷ 意大利文，意为："香烟美女"，也是书中一个人物的绰号。——译者

"*E bello—il ballo?* ❶ "他终于问了一句简短得像闪电似的问题。

"*Si-molto bello*， ❷ "女人高声说道，她很愿意再说几句。

伐木工人的双眼闪烁着，就像真的着魔中了邪一样。仿佛这时他才显出了自己的本性。他找到了自己的全部感觉，他是出类拔萃的，一点也不错。

他的身体精力充沛得简直不可思议，而他的舞跳得几乎无可挑剔，只是由于他的跛腿，其中才有一点不畅，这使他几乎完全陶醉了。他身上的每一条肌肉都柔韧如钢条，柔韧刚强有如闪电，然而又是如此迅速，如此轻灵，简直难以配合。当他接近那回环的舞姿、那个高潮、那荡人心魄的时刻时，他似乎在潜伏着等待着，他感到了一种巨大的力量已经俯身准备出动了。然后它向前喷涌而出，流畅、完美、精妙绝伦，那女人在这舞蹈中神魂颠倒了，它继续喷涌着，这是一种享受，无限的、无可估量的享受。他就像一个神，像一种奇异的自然现象，极其亲切而又咄咄逼人，令人惊奇。

但是，他不是一个凡人。那个女人在自己独立的心灵中的某个地方震动了，开始离他而去了。她还具有另一个存在，这是他尚未接触的，而她还将要复归于它。舞蹈结束了，她将要回归到自我。这是完美无缺的，十分完美的。

在下一场舞蹈中，她落入那位受过教育的埃托里的怀抱，他是一个老谋深算的酒色之徒，他知道能从这个北欧女人的身上得到什么，却不知道那位站在黑影边缘，在门口注视着的伐木工人还有多大的忍耐力。他目不转睛地、一丝不苟地死死盯着她。而她一直都觉察到伐木工人那张面孔上显而易见的、鹰隼般一动不动的表情，他静静地待在门口黑影的边缘处，沉迷了，毫不动摇。

---

❶ 意大利文，意为："太漂亮了——哦，跳舞？"——译者
❷ 意大利文，意为："是的，很漂亮。"——译者

她愤怒了。那双尖利宛若鹰爪般的、如此令人难受、如此肆无忌惮地在门口注视着的眼睛中有某种愚蠢、荒谬的东西，肯定而且确确实实有这种东西。难道这个家伙疯了？

这个女人开始对他做出反应了。有一段时间，她有意不去看他。但他固执地等待着。于是她走近了他，他的意志似乎可以抓住她了。他用一种奇怪的、自傲的、不近人情的放肆看着她，仿佛他对她已经产生了影响。

"Venga— venga un po，❶"他说着，一面怪里怪气地向着黑暗处甩动他的头。

"干什么？"她回答道，走开了，摇晃着，睁大了眼睛，容光焕发，她有意不理睬他，走开了，来到其他人，来到那些让她感到安全的人中间。

厨房里备有食物，有大块大块的面包，有玛丽亚做的切了片的腊肠，还有酒和一点咖啡。但只有有身份的人才能去吃。农民是不许进去的。在这小小的房屋中，吉他沉默了，有人正在吃饭饮酒。时间已是11点了。

然后这里又歌唱起来，这是那些山峦中奇异的野性的歌声。有时吉他可以演奏伴唱，但一般不伴奏。于是男人们仰起头放声唱出高亢、几乎是嚎叫的歌声，令人震惊。歌词用的是地方土话。他们自己争论了一阵：这样唱先生大人们听得懂吗？他们唱起来。先生大人们一点也听不懂。因此，这些男人坐在小客厅的墙边，带着一种不可思议的、稍有恶意的喜悦唱完了所有的歌词。他们的喉咙起伏运动着，脸上现出一种稍有嘲讽的微笑。那个男孩在门口像个长角带尾巴的丰收之神欢天喜地地蹦跳着，他直挺挺的黑发落到前额上。哥哥挺直身子，红着脸坐在那儿，甚至他的眼中也闪烁着一种笑的黄色光彩。保罗也静静地坐着，脸上带着觉察不出的微笑。只有玛丽亚，高大而活跃，现在获得了成功，保持着泰然自若的神情，准备安排一阵死寂的时光，正如她粗暴地让农民坐在各自的位置上一样。

那男孩走到我这里说道：

"先生，你知道他们唱的是什么吗？"

"不知道，"我说。

于是他兴高采烈地雀跃起来。男人们警惕地注视着，都激奋起来，坐在墙边，更清晰地唱起来：

Si verrà la primavera

Fiorann' le mandoline,

Vienn' di basso le Trentine

Coi'taliani far' l'amor。 ❶

但是，下面的歌词太不成体统了，我装作听不懂。女人们扬起清醒过来的、涨红的面孔听着，她们这两张脸因为神情专注变得美丽了，仿佛听到某种从远处传来的具有魔力的声音。而坐在墙边的男人们更加清晰地唱着，几乎接近了标准的意大利语。这歌声从他们尖笛似的喉咙里高声地、震颤地、不怀好意地传出来，它穿透了每个人。外国女人们能够理解这声音的含义，她们能感觉出不怀好意的、暗示性的嘲弄。但是，她们听不懂歌词。男人们脸上的微笑变得越来越危险了。

玛丽亚·费欧利看出我已经听懂了，她用高大的、压倒一切的声音喊道：

"*Basta — basta*"。 ❷

男人们站起来，用一种奇怪的、挑逗性的动作伸了伸他们的身体。吉他和曼陀林又拨起了震颤的琴弦。英国女人们又恢复了北欧人毫无表情的

---

❶ 意大利文，大意为："正是大好春光，费欧利的曼陀林呵，维也纳的矮个子，三十多岁呵，到意大利来做爱噢。"——译者

❷ 意大利文，意为："够了，够了。"——译者

自我克制。她们重又翩翩起舞，但已失去了舞蹈中的聚合力。她们感到厌倦了。

人们谢过了乐师们，走入茫茫的夜色中。男人们一对对地退去了。但那个伐木工人，我始终打听不出他的名字和绰号，依然在黑影的边缘盘旋。

玛丽亚把他也送走了，抱怨说他太野蛮，*proprio selvatico*，❶ 只有"有身份的人"，即从下面来的那些纨绔子弟留了下来。这里还剩下一点咖啡，人们谈起一个故事：一个男人喝醉了酒，傍晚回家时，在一处人迹罕至的地方滚到斜坡下面去了，一直躺了十八个小时也没有人发觉。后来又讲了一个驴子踢在一个年轻人的胸膛上把他踢死的故事。

但是，女人们都困倦了，她们要去睡觉。而那两个男青年始终不想离开。我们所有人都走出来观赏夜景。

头顶上方群星璀璨，非常明亮，对面和背后的群山映衬着天空，朦胧地勾画出它们的轮廓。下面，那湖就像一个黑沉沉的海湾。从阿迪杰吹来一阵带有寒意的小风。

清晨客人都走了。他们曾坚持在此过夜。凌晨一点钟，他们每人吃了八个鸡蛋和许许多多的面包。然后他们去睡觉了，躺在起居室的地面上。

在晨光曦微中，他们喝过咖啡，向湖边的村庄走去。玛丽亚非常高兴。她会赚到不少钱的。这些男青年都很富有。她的贪婪仿佛喜欢让她非常兴旺繁荣似的。

---

❶ 意大利文：太粗野。——译者

第六章

伊尔·都罗

我第一次看见伊尔·都罗是在一个阳光明媚的日子，那天圣高登札奥来了一群寻欢作乐的人。他们是三个女人和三个男人。女人都穿着棉上衣，一位高大、黝黑，很花哨的女人身体很健康，另外两个则略为逊色。起初我几乎没有注意那些男人，只知道有两个是年轻人，一个是年老的。

他们是一群稀奇古怪的人，甚至在节日期间也专门为了寻欢作乐而来，在早晨奇怪地、有些令人捉摸不透地从葡萄藤架中间走来。他们用高大粗哑的声音与玛丽亚和保罗打招呼。女人们有一种特别的、邋遢、闪烁不定的、支支吾吾的东西，让人们立即注意到她们。

于是在户外草地上，玛丽亚为他们安排了一顿野餐。他们就坐在房屋的前面，在一棵橄榄树下，紧靠着水井。这本应该是很潇洒的——女人们穿着棉上衣，她们的朋友们拿着酒杯和食品坐在春日阳光里。但不知为什么，情况并非如此：这令人难以忍受，而且有些丑陋。

但是，因为他们正在户外进行野餐，我们也必须去野餐。我们立时就有些嫉妒了。但是玛丽亚有些不情愿，于是她为我们安排了餐桌。

这些奇怪的人并不和我们说话，对我们在场他们似乎稍稍有些不自在和气愤。我问玛丽亚，他们是些什么人。她耸了耸肩，经过一瞬冷冷的停顿，说他们是从下面来的人，然后又用她那有点儿刺耳、尖厉，略带刻薄、略带贬损的声音补充道：

"他们和你们不是一路人，先生，你不要认识他们。"

她稍微有些气愤和轻蔑地说到这些人，对我则有点袒护的意思。这样我模模糊糊地猜出他们的"品行"不是十分"端正"的。

只有一个男人走进屋里来。他长得很俊俏，更确切地说是长得很美，他是个三十二三岁的男子，生着明净的金黄色皮肤，面部线条极其优美，在某些地方甚至像个神。但他的表情很怪。他的头发乌黑发亮，很细很平滑，光亮得像鸟的翅膀，前额很漂亮地隆起，静静地停在那双灰色眼睛的上方，眼睛长着黑黑的睫毛。

然而，他的两眼有一种邪恶的光，一种淡淡的、稍稍有些令人反感的微光，与神像那种淡淡的闪着微光的眼睛极为相似，它也带有同样鲜明的苍白。他的整个面孔都隐隐带有色情狂的那种恶意、痛苦的表情。但是，他毕竟很漂亮。

他走路很快，而且步伐稳定，头有些低，径直奔着目标而去，全神贯注，却又有些难以理解的淡漠，仿佛他是走在一个陌生的世界中，也仿佛他所做的任何事都是一文不值的。而他做这些事只是为了高兴而已，他脸上的光是一种从明亮的皮肤中透出来的淡淡的、奇妙的微光，停留在那儿似乎是一个半透明的微笑，就像时间一样永远没有变化。

对这家人他似乎很熟悉，他走进来随意就去取酒。玛丽亚对他很气愤。她大声、暴躁地责骂他。他依然我行我素。他把酒拿到外面的草地上。玛丽亚对他们这伙人都有些敌意。

他们在外面阳光的照耀下，喝了很多很多酒。那些女人和那个老年男子装腔作势地聊着。伊尔·都罗用他特有的奇怪姿势蹲身俯向那些菜肴，他的前腹耻骨区异常灵活，他似乎就是俯在这个部位上的。但他似乎是一个唯一遗存下来的动物，无论在什么地方，他都是孤独的。

野餐一直持续到两点。这些人的脸微微发红了，于是东倒西歪地一起向外面一个村庄走去。我不知道他们是到那个满是石块的村庄中的小客店去，还是到一所高大奇特的房屋去，那房屋属于下面村庄中一个富有的年轻杂货商人，只供宴饮和喧闹的聚会，大部分情况是不留宿客人的。玛丽亚不会把他们的任何情况告诉我。没想到在下午后半晌，那位曾在维也纳生活过的有钱的年轻杂货商贝尔托洛蒂来到这里打听这次野餐聚会。

将近黄昏时分，我看见这群人中那个年老的男人烂醉如泥，跌跌撞撞地沿路跟着两个女人向下走回家去，两个女人走在前面。这时保罗打发乔万尼去照看那个醉鬼安全通过塌方的地方，那里很危险。总之，这是一笔不合算的生意，这与世界上任何地方任何这种聚会完全一样。

那天晚上，伊尔·都罗又来了。他的名字叫浮斯提诺，不过村子里每个人都有绰号，绰号几乎是到处都用的。他到这里是为了吃晚饭。我们都吃过晚饭了。于是他就独自一人在桌子旁吃了一点食物，而我们都围坐在火旁。

后来我们就玩一种叫"詹金斯，起来"的游戏。我们和这些农民一起玩：只有一个性情激动的农民除外。这游戏是这样玩：你要猜出在桌面快速伸出来又缩回去，然后又伸到桌子上的手指的数目，并且连续快速地大声喊出来。

伊尔·都罗也一起参加了这个游戏。因为他曾经去过美国，现在很富有。他觉得自己能与那些陌生的先生们接近。但是，他总令人难以揣摩。

看着一双双摊在桌面上的手是很奇怪的。英国女人们柔软的手指上带着戒指；大男孩的手稚嫩而又硕大，小男孩的手像棕黄色的爪子，保罗的手是农民那种变了形的、巨大、坚实的手，而浮斯提诺的手也很大，深褐色，粗野而形状优美。

他第一次曾在美国生活了两年，后来又生活了五年，一共是七年。但他只会说一点英语。他总和意大利人待在一起。他主要是在一家旗帜工厂干活，而且除去把装有旗子的手推车从染房推到晾晒房之外，他什么也没干过——我想就是这样。

于是他带着一笔可观的钱从美国回来了，他获得了他叔叔的花园，继承了他叔叔的小小房屋，孤零零地生活着。

玛丽亚说他很有钱，她刺耳地大声喊道。他马上就表示否认，这是农民的狡智。但是，在先生们面前，他还是乐于显示自己富有的。玛丽亚又喊道，可是他也很吝啬。这有一半是取笑，也有一半是挖苦。

他照料着自己的园子，一年四季都种植蔬菜，住在他的小屋里，春天他靠嫁接葡萄能挣到许多钱，他是嫁接葡萄的专家。

男孩子们都去睡觉以后，他坐下来和我聊起来。他具有不可思议的吸引力，也不可思议地漂亮，但不知为什么色彩分明，线条清晰的脸总有些像石块。他的两个太阳穴，衬着黑黑的头发就像一件艺术品那样独具特色、那样优雅。但是，他的眼中总带有这种奇怪的、半是恶神般的，半是饱受折磨的苍白目光，就像山羊的眼光一样，他的嘴巴紧闭着，很丑陋，两颊表情很严厉。他长着黄褐色唇须，牙齿很坚实，却有缝隙。女人们说他长着黄褐色的唇须很可惜。

"可惜！——要是为了漂亮，得有黑色的胡须——呵哈！"她们用意大利语说。

随后是一声拖长了音的、带着挑逗情欲的高声赞赏。

"你生活很孤独吗？"我对他说。

他说，是这样。甚至当生病的时候也是独身一人。两年前他生了病。想到这里，他的两颊似乎坚硬得像大理石，脸色也苍白了。他感到恐怖，犹如一尊感到恐惧的大理石雕像。

"但是，为什么，"我说，"为什么你一定要独身生活呢？你很伤心——很悲伤。"

他用那双古怪而又灰白的眼睛望着我。我感到了他内心巨大的、沉寂的悲哀，这是某种不同寻常的东西。

"*Triste*！"（很悲伤）他反复说着，僵直了身子，充满敌意。我无法理解。

"*Vuol' dire che hai l'aria dolorosa*，❶"玛丽亚喊道，仿佛是个合唱团的报幕员。她的声音里总有某种高声挑战的意味。

"悲哀，"我用英文说道。

"悲哀！"他也用英语重复说。他没有微笑，也没有变化，只是他的脸似乎更像一尊石雕了。他只是看着我，用那长长的、灰色的、死死的、不可捉摸的山羊般的神态直看到我的眼睛里面，我只能再重复一句：像一尊石雕。

"为什么，"我说，"你不结婚呢？男人不能独身生活。"

"我不结婚，"他用强调的、不慌不忙的、冷漠的口气对我说，"因为我看见的太多了。*Ho visto troppo*。❷"

"我不懂，"我说。

然而我能感觉到，保罗默默地犹如一块磐石坐在烟囱式壁炉的开口前，他知道为什么，玛丽亚也知道为什么。

伊尔·都罗又一动不动地直看到我的眼睛里面。

"*Ho visto troppo*，"他重复道，这些话就仿佛是镌刻在岩石上一样。"我看见的太多了。"

"但是你可以结婚呀，"我说，"无论你看见了多少，即使你把整个世界都看见了，也可以结婚呀。"

他死死地盯着我，就像一头陌生的野兽在望着我。

"什么样的女人？"他对我说。

"你可以选择一个女人，这里有很多女人，"我说，

"都和我没缘，"他说，"我认识的太多了。我认识的太多了，我任何

---

❶ 意大利文，意为："令人悲哀的表情。"——译者
❷ 意大利文，意为："看见的太多了。"——译者

人都不能娶。"

"你不喜欢女人吗？"我说。

"不，恰恰相反。我不讨厌女人。"

"那么你为什么不能结婚？为什么一定要独身生活呢？"

"为什么要和一个女人生活呢？"他对我说，同时嘲讽地看着我。"要和哪个女人一起生活呢？"

"你能够找到一位，"我说。"这里有许多女人。"

他再一次用石雕般的、果断的神态摇了摇头。

"都和我没缘。我认识的太多了。"

"但这并不妨碍你去结婚呀？"

他一动不动地、果断地看着我。我看得出来，我们是不可能互相理解的，或者说，我不可能理解他。我不理解他眼中奇异的白色的光线，它是从哪里来的。

同样我也知道他很喜欢我，几乎是很爱我，这同样也是奇怪和令人困惑不解的。他仿佛是一个神话人物，一个长角带尾巴的丰收之神，没有灵魂。但是他给我一种鲜明的悲哀的情感，这悲哀就像磷光一样闪闪烁烁。他自己却不悲哀。他和他在其中生活的、没有血色的另一个世界都具有一种完满，那个世界排除了悲哀。它太完满了、太终极了、也太明确了。这里没有渴望，也没有迷迷蒙蒙的含混不清的融合……他就像半透明的岩石，就像月光中的实物一样清晰、确切。他又宛如一块水晶，已经最后成形了，已经没有任何变化的余地了。

那天夜里他在起居室的地上睡了。早晨起来他已经走了。但一个星期以后，他又来了，来嫁接葡萄。

整个上午和下午他都待在葡萄藤中间，在它们前面俯下身去，用一把锋利、明亮的刀把葡萄藤割下来，他像个神人，动作令人惊奇地迅速、准确。看到他像某种奇妙的动物之神灵活地在葡萄幼藤前面蹲下去，迅速地、生机勃勃、不假思索地割呀割地，把抽芽的嫩枝条割下来，不动声色地放到土地上，我感到一种惊恐。然后他又迈开大步用那种奇怪的长角带尾巴的丰收之神一样的动作穿过了葡萄园去准备生石灰。

他用双手仔细地把那些肮脏的材料：牛粪、生石灰和水和土混合在一起，他似乎也知道这点。他不是一个工人。他是一个和有知觉的世界息息相关的生灵，纯然凭着触摸他就能了解正在混合的那些白乎乎的脏东西，似乎凭着那软乎乎的物质与他本身的物质之间的关系就能了解。

然后他又迈开大步在土地上走向葡萄幼苗，他自己就像一片闪着微光的土地。他从身旁堆在地上的一绺枝条中抽出一枝，只用刀子快速干净利索地切了几下，很快就准备好了新的嫩枝，他纯熟地拿到葡萄藤的切口处，插入嫁接枝，然后绑好，系紧，再用力一勒。

这就像上帝把人的生命嫁接到泥土的身躯上，然后用自己的肉体亲切地施动法力。

在这段时间里，保罗始终站在旁边，不知道为什么对这套神奇的过程置之不理，他和我和浮斯提诺聊着。而伊尔·都罗只是随随便便地回答几句，仿佛心不在焉的样子。实际上，他的全部感觉都被这葡萄敏感的生命缠住了，被他手中摆弄的生石灰和牛粪缠住了。

细细地观看着他，观看着他心无旁骛的专注，像野兽、像神一样蹲俯在葡萄藤前，他仿佛就是低级生命的神，我多少有些理解他的孤独了，理解他为什么不结婚了。森林之神和牧神潘和他的臣下不会娶森林中的神祇。他们在自己的生命中是单独的和孤立的。

只有在精神境界中才会有婚姻。而在肉体中，只有接触，但只有在精神境界中，才能从两种不同的互相对立的东西中创造出新事物。在肉体中我和女人结合起来，而在精神中，我与她的结合创造出第三种事物，创造出绝对、言词，这言词既不是我，也不是她，既不属于我，也不属于她，但它是绝对的。

浮斯提诺一点也没有这种精神。在他身上，感觉本身是绝对的，但是是肉体的感觉，而不是精神上的尽善尽美。因此他不能结婚，结婚与他无缘。他属于森林之神和牧神潘，属于感觉的绝对性。

他的美是如此无可挑剔、如此确切，在这段时间里，这美使我目眩神迷了，这是他不可思议的静态的完美。但是，他的动作尽管也令人目眩神迷，但同时却也令我反感。我经常能看到他蹲在葡萄藤前，他的大腿、臀部肌肉像动物一样完全是无意识地蜷屈起来，他的面孔似乎有一种奇异的金黄色的苍白，线条有力，前额和两个太阳穴附近的柔发闪烁着黑色光辉，就像某种反光的东西，就像在深夜里熠熠闪亮的石块那反光的表面。它仿佛是在沉稳的、永不变动的苍白中显露的黑暗。

晚上他又在这里待下来，和那个玛丽亚又为了钱争吵起来。他吵得很凶，却很冷静。可其中有些令人恐怖的地方。争论一结束，他的所有兴趣或情感就无影无踪了。

然而，在所有事情中他最喜欢与英国先生们接近。他们似乎对他施加了一种带磁性的吸引力。这是纯粹的物理世界中的事物，犹如一枚磁针指向熟铁。在这种关系中，他完全是孤立无援的。只是由于机械的吸引力，他才能受到重力影响与我们相一致。

但是，在我们之间除去天壤之别什么也不存在。这就像夜晚与白天一起循环不已一样。

第七章

约 翰

除了伊尔·都罗，我们还遇到另一位会说英语的意大利人，这位说得好极了。我们在湖岸上面已经往上走了四五英里，越来越高了。突然之间，在一座远远耸立的危岩峭壁的肩角上，我们来到一个村庄里，这里冰雪严寒，仿佛被人遗忘了。

我们走进小客店去找些热东西喝。橄榄树的柴枝在敞开的烟囱式壁炉里燃烧着，桌前坐着一两个男人在谈天，一个年轻妇女抱着孩子站在火旁，仔细看着一口正在煮着什么东西的大锅。我看到还有一个妇女坐在堂屋外面。

壁炉旁边坐着一位年轻的赶骡人，他把他的两头骡子拴在客店门口，在他对面坐着一位年老而矮胖的男人。他们站起来把这些雅座让给我们，我们诚挚地谢了他们，然后坐下来。

这些烟囱式壁炉与旧时英国村舍中那种宽大敞口的壁炉很相似，但是壁炉台面比地面高出一个半英尺，或两英尺，因此炉火正好和人们的双手处在一个平面上，坐在烟囱边的人就比屋内的观众高了，仿佛是两个神守在火炉两侧，从暗红色的洞穴中向外观望，看着房间里宽敞、低矮的世界。

　　我们要了加过牛奶和咖啡的朗姆酒。矮胖的主人在下面靠近我们的地方找个座位坐下来。那个抱着婴孩的年轻标致女人取下立在已经发白的炭灰中的锡制咖啡壶，在原有的底料中放入一些新咖啡，又加了些水，然后又把它放到火上。

　　主人带着常见的天真、好奇的敬意向我们转过身来，提出了常见的问题。

　　"你们是德国人？"

　　"英国人。"

　　"呵，——应格人。"

　　于是这里出现了一种热情的新迹象（或像我常常想象的那样），那些相当粗鲁、耕牛一样的男人正拿着酒坐在桌前，他们更加亲切地看着我们。他们不希望被人打搅。只有那个主人总是和蔼可亲。

　　"我有个儿子会说英语，"他说。他是个俊俏、有礼貌的老人，有点像福斯塔夫。

　　"啊！"

　　"他曾去过美国。"

　　"现在他在哪里？"

　　"他现在在哪里？哦，——尼可莱塔，乔万尼到哪儿去了？"

　　那个标致的少妇抱着孩子走过来。

　　"他现在正在管弦乐队那里，"她答道。

　　年老的主人自豪地看着这妇人。

　　"这是我儿媳，"他说。

　　她欣然对太太微微一笑。

　　"这个婴孩呢？"我们问道。

"*Mio figlio*，"❶ 少妇用那些女人强有力的、尖锐的声音喊道。她向前走过来把孩子抱给那位太太看。

孩子长得结实漂亮，所有人都忙着崇拜和服侍这个圣婴似的小婴孩。这时在这儿出现了一个间断，宗教性的恭顺仿佛要弥漫客店中的整个房间。

这时太太们又开始聊起来，打断了对这位意大利婴孩的崇敬。

"他叫什么名字？"

"奥斯卡莱，"传来响亮自豪的回答。这位妈妈用土语和这婴孩聊起来。由于这婴孩在场，男人和女人都同样感到荣幸。

最后锡壶中的咖啡烧开了，从壶嘴和壶盖处喷出了泡沫。小黄铜盆中的牛奶也热了，也溢到了炭灰上。我们终于有东西喝了。

店主人急切地要我们看见他的儿子乔万尼。在上面的街道上，村中的管弦乐队正在一位上校的家门前演奏，上校是在的黎波里受伤后回到故乡的。村里每个人都把上校和铜管乐队当作无上自豪骄傲的事，而它演奏的音乐却糟糕透顶。

我们正好可以看到街中的景象。这支由一些笨手笨脚的家伙组成的乐队在一座孤零零的、新建成的房屋前正一遍又一遍地演奏着同一支曲子。一群凄凉的、被人遗忘了的村民围成一圈站在高山寒冷的空气中。仿佛这个地方已被上帝和世人完全遗忘了。

但是，健壮、谦恭、俊俏的店主人手舞足蹈地指着乔万尼让我们看，他正在乐队中吹短号。乐队只有五个男人，简直就像街头的乞丐。但是乔万尼却是最出奇的一个！他长得高大、苗条，相貌有些像德国人，穿着一身蹩脚的美国服装，戴着一个很高很高的双重衣领，头上是一顶起皱的美国小帽。看上去他不折不扣是一个在街头拉小提琴的流浪汉，穿着邋遢

---

❶ 意大利文："我的儿子。"——译者

的、破烂不堪的礼服。

"那个就是他，你看，先生，在阳台下面的那个青年人。"

父亲带着爱和骄傲说道，他是个绅士，像福斯塔夫一样，是个纯粹的绅士。儿媳也目不转睛地向外盯着乔万尼，他显然是个大名人，穿着他那套破烂不堪、退化了的美国礼服。同时，这位大名人吹得满脸通红，他的短号出现了断奏的乐句。人群凄凉地、被人遗弃了似地站立在高山下午的寒冷天气中。

这时忽然从人群中传来刺耳的喊叫声。"好呵，好呵！"乐队停止了演奏，有人勇敢地唱出了一句歌词：

Tripoli，Sarà italiana，

Sarà italiana al rombo del cannon'。❶

上校来到阳台上，身材略有些矮小，面色很黄，黑色头发已经有些灰白了，两条腿很可怜。这些仿佛都是那样破烂不堪、无可救药地蹩脚。

突然他开始讲话了，向前俯下身，扶着阳台的铁栏，激烈、狂热、耸人听闻地讲着。他身上带有某种狂热、沼泽似的病态的东西，有些令人厌恶，不像个堂堂男子汉。他对村里的乡亲们说他是如何爱他们，当他没有遮盖地躺在的黎波里的沙漠里，一星期又一星期，那时他想到了乡亲们正在阿尔卑斯山高高的村庄里注视着他，他能够感到无论他走到哪儿，他们都会注视着他。当阿拉伯人像疯狂的潮水般涌来时，他受伤了，他想到自己就是在自己的故乡山村里，就是在自己的乡亲们中间，于是他恢复了健康。爱能够医治创伤，祖国就是一位情人，她会用自己的爱医治她所有儿子的创伤。

那群灰蒙蒙的、凄凉的人群，尖厉地、震天震地地高喊着："好样的！"——人们都流下了泪水，店主人坐在我身边轻声地、心不在焉地重

---

❶ 意大利文，意为："的黎波里，呵，意大利人，呵，意大利人，轰隆隆的炮声。"——译者

复说："*Caro—caro—Ettore，caro colonello—* "，❶当演说结束时，这位矮小的上校拖着两条可怜的、令人耻辱的腿回到里面去了，店主人回过身用一种几乎使我感到惊恐的挑战口气对我说：

"*Un brav'uomo*，啊，妙，妙极了。"

"*Bravissimo*，妙极了，"我说。

于是我们也都走到里屋去了。

这就是一切，多少有些灰蒙蒙的、无可救药、苦涩而又令人难以忍受。

这位上校，可怜的家伙（后来我们认识了他），现在已经死了。他的死有些不可思议。一想到他躺在那儿死了，我就有些厌恶——这样一具令人耻辱的、多少有些堕落的僵尸。在意大利，死亡并没有什么美，除非是壮烈的死。男人或女人病死了是一种可怕的、令人厌恶的事。他们全部都属于生命，他们的生命如此短暂，呵，这些人。

不一会儿乔万尼回到家里，拿着他的短号上楼去了，然后又走来看我们。他是个天真无邪的青年，衣衫褴褛，肮脏不堪。他的头发很漂亮，却长长的，蓬乱不齐，他那很高很高的、上过浆的衣领让人感觉到他的脖子和耳朵都不干净。那条美国大红领带很难看，这身衣服看起来就像在地上踢来踢去有一年多了。

然而他的眼睛却很热情，举止言谈很文雅。

"你愿意和我们说英语吧？"我说。

"呵，"他说道，微笑着摇了摇头，"我原来讲英语讲得很好。但是现在已经两年没了，两年多了，所以我不想说英语。"

"可是你说得很好呵。"

"不好。我已经有两年没说了，一句都没说过，呵，你看，我

---

❶意大利文，意为："亲爱的，亲爱的，埃托里，亲爱的上校。"——译者

已经……"

"你已经忘了？不，你还没有忘。很快就能恢复。"

"如果我听到英语—— 如果我到了美国，那时我就会—— 我就会——"

"你就会很快把它捡起来的。"

"是的，我会把它捡起来。"

店主人一直骄傲地在旁边观看着，现在走开了。妻子也走开了，只剩下我们和这个羞怯、文雅、肮脏、衣着邋遢的乔万尼。

他敏感、活泼地笑起来。

"在美国，女人走进店里时，她们就问'约翰在哪儿？约翰在哪儿？'不错，她们都喜欢我。"

他又笑了起来，用那双含糊的、热情的蓝眼睛瞥了一眼，非常羞怯，非常敏感。

他在美国一个小镇开过一家店铺。

我扫了一眼他那双略带红色的、光滑、骨节明显的手，还有那两只待在已经破损了的袖口中的细手腕。这真是店主的手。

店主人拿来几块特制的节日糕点，他无法掩饰自己的快乐，他有个儿子乔万尼正在用英语和先生们谈话。

当我们离去时，我们邀请"约翰"到下面的别墅去看我们。我们想他不会来的。

然而一天早晨他来了，大约是九点半吧，我们刚刚吃完早餐。那天阳光明媚、温暖、景色美丽，于是我们请他和我们一起去野餐。

他是个怪里怪气的孩子，长头发还是那样乱蓬蓬的，衣服还是邋遢的，一副俗气、潦倒的美国相。可是他又因为羞怯而异常激动。但他把我们的世界当成他自己的天地，因此，他很大方、随便地接受了他的位置：作一位食客。

我们在山边的河床里向上攀登，爬到一片不大的平坦草坪上，周围有些橄榄树，雏菊正开着花，唐菖蒲刚抽出嫩芽。这是一片很小的长在平面罅缝上的草坪，坐在那里，我们便拥有了一个在我们下面的世界：那湖、那遥远的岛屿，还有那下面极远处的维罗纳湖岸。

这时"约翰"开始说话了，他滔滔不绝地讲起来，就像个外国人一样，他本应该用意大利语讲的那些事也不用意大利语讲出来，而是用暗示，用他那有限的英语词汇表示。

最重要的是，他爱他的父亲，总是那句话"我父亲，我父亲"。他父亲在上面村庄里有一家小商店和小客店。因此"约翰"受了一些教育。他曾被送到布雷西亚去上学，后来又被送到维罗纳上学，在那里他参加了考试要成为一名土木工程师。他很聪明，本来可以通过这些考试。但他没有念完这些课程。他母亲去世了，他父亲心情郁闷，叫他回家去。于是他回来了，那时他十六七岁，回到了湖那边的村庄里，和父亲在一起生活，照料店铺。

"但是你放弃了自己的学习，不在意吗？"我问道。

他没有完全听懂。

"我父亲让我回来的，"他说道。

很明显，乔万尼对自己正在做的事情或自己想做的事情没有明确的概念。他父亲希望他能成为一名绅士，把他送到维罗纳去上学。由于偶然机会他曾经选修了工程专业的课程。当一切都大有成功希望的时候，他却失败了，他又像半瓶醋似地回到了山边那遥远、凄凉的村庄，他既不失望也不懊悔。他从来没有想到要过前后一致的、有目的的人生。无论是像一块倒在地上的石头那样在村庄里度过一生，还是漫游世界，在周游世界中度过一生。一切都是没有目的、没有目标的。

因此他和父亲一起住了一段时间，然后又走了，也是同样毫无目的地和一群移民到美国去的人走了。他带了一些钱，到处漂泊，生活极不舒适，肮脏破烂，后来他在宾夕法尼亚州找了个地方，在一家干货店里干活。那时他才十七八岁。

　　所有这些似乎对他的为人并无太大的影响，至少没有有意识的影响。他的本性是质朴、自我完满的。但又不像伊尔·都罗或保罗他们那样自我完满。他们已经闯荡过了外国的世界，而且没有什么大的改变。他们的心灵是静态的，而世界却不平静地流淌过去。

　　但"约翰"却是更敏感的，他与周围的新环境接触得更多。他几乎每天晚上都去上夜校，而且像个孩子似的学英语。他爱美国的免费学校、爱那些教师和工作。

　　但是，在美国，他遭受了许许多多的苦难。他带着奇异的、过分敏感的、畏缩的笑声向我们讲述了那些男孩子怎样追逐他、嘲笑他、在后面骂他："他妈的，意大利崽子，你他妈的意大利崽子。"他们曾在街头拦住他和他的伙伴，抢走他们的帽子，而且往脸上唾他们。因此到最后，他的精神受了严重刺激。经常折磨他的是些青年人和成年人，在橄榄树下，在这片小小的草坪上，在仙境般的湖泊之上，他向我们重述了他们说的下流话，依然令我们大为惊愕：英语的猥亵词语和骂人的话竟能到如此粗俗和令人惊愕的程度，我们都紧紧闭住双唇，惊奇得几乎笑出声来，而"约翰"却是质朴、自然的，不知为什么，尽管他留着长发，容貌肮脏，心灵却像花朵一样美丽，向我们述说着那些也许再也不会在体面的伙伴面前重述的事情。

　　"呵，"他说道，"最后我疯了。有一天他们来了，高声喊着：'你他妈的意大利崽子，臭猪。'又要抢我的帽子，呵，我可疯了，我要杀了他们。我会把他们杀死的，我完全疯狂了。我去追他们，把他们其中一个摔到地士，我饱揍了他一顿，又去追另一个个头最大的人。尽管他们浑身上下打我、踢我，我一点也不知道，我已经疯了。我把大个子摔到地上，他是个大男人，年龄比我大，我拼命揍他，我要把他打死。别的家伙看到这样，他们害怕了，他们用石头砸我，打我的脸。可是我不觉得，我什么也不知道了。我揍那个倒在地上的大人，我差点把他打死。我一心想杀了他，别的什么都不知道了——"

"你没有杀死他吧？"

"没有，我不知道，"他发出怪里怪气的、令人震颤的笑声。"和我一起去的另一个男人、我的朋友跑过来去拉我，我们一起走开了。呵，那时我疯了，我真是疯了。我可能会把他们打死的。"

他微微有些颤抖，他的眼睛睁大了，闪着奇怪的、灰蓝色的火焰，极为痛苦、可怕。他好像变了一个人。但是，他那时绝对没有疯。

我们被这个青年鲜明的、微微闪烁的激奋震惊了，我们希望他忘记这次经历。在我们的心灵里，我们还惊愕地看到了纯粹原始的火焰竟把他文雅的、敏感的天性抖掉了。从他轻轻的、嘻嘻的笑声中，我们可以看出他曾遭受了多少苦难。他曾走出家门，面对这个世界，而且占有了自己的一席之地，尽管他是个外来者、是个意大利崽子。

"他们再也不追我了，我在那儿的时候，一直都没追过。"

然后他说他在商店当了工头，起初他只是店员。在那个小镇，这家商店是最好的，许多英国太太都来这儿，也有些德国人。他非常喜欢英国太太：她们总希望他在商店里。在那儿他穿着白上衣，她们常常说：

"你穿着白衣服很好看，约翰。"或者说：

"叫约翰来，他能找到它。"或者她们会说：

"约翰说英语就像当地的美国人一样。"

这使他高兴极了。

他说，最后他每月能挣一百美元。他过着意大利人极度节俭的生活，积蓄了一大笔钱。

他不像伊尔·都罗。浮斯提诺在美国的生活近乎吝啬，但是，后来他堕落了，他看演出、喝酒、寻欢作乐。而"约翰"主要是去上学，在一所学校里，人们甚至请他去教意大利语。他对自己民族的语言知识是出色的，不同凡响。

"但是，你为什么回来呢？"我问道。

"为了我父亲。你知道，如果我不回来服兵役，那么我就必须待到我四十岁时才能回来。因此我想，我父亲可能会死去，我就再也看不到他了。所以我就回来了。"

他二十岁时回国来服兵役。他在家乡结了婚。他很爱他的妻子，但是他没有陈旧意义中的爱情概念。他妻子就像过去的岁月，而他与它结合了。从妻子那里他得到了孩子，就像从过去的岁月那里得到孩子一样。但是未来却完全与她无缘，与她分离了。现在他又一次要离开故土，到美国去了。他服完了兵役，在家里又生活了九个月。他没有什么事可做了。现在他离别了妻子、孩子和父亲要到美国去了。

"但是，为什么，"我说道，"为什么？你有钱，你可以在村子里开一家店铺。"

"是的，"他说，"但是我想去美国。也许我还要到那个商店去。"

"但是，这与在家里开一家店铺不是完全一样吗？"

"不，不，这完全不同。"

然后他又告诉我们他怎样在国内的布雷西亚和萨罗为那家商店购买货物，他怎样在村里的协助下架设了一条缆索铁道，一条高空缆线，人们用它可以把货物直接提升到不到一英里的村中山峰的顶面上。他对此颇为自豪。有时遇到急事他自己也乘缆索铁道到下面的湖边、到船上去。这也使他感到高兴。

但是，今天他正打算到布雷西亚看看再到美国的安排。也许在下个月里，他就走了。

我感到大惑不解，他为什么要走。他不能表达自己的意思。他将会待上四五年，然后再回国看他父亲，看他的妻子和孩子。

他的身上有一种不可思议的、几乎是可怕的命运，仿佛是这命运把他带走了，经常把他从家乡、从过去，带到那伟大的、荒野的美国去。他似乎是一个没有个人选择的人，而更有些像受命运摆布的动物，这命运瓦解了旧的生活，把他这个没有最后确定的碎片猛然抛向了新的混乱之中。

他以一种完美的、毫无疑问的质朴全面屈服于它，甚至从来也不知道他遭受了苦难，不知道他必须从旧的生活中遭受瓦解。他完全从内部被移动了，他从来没有怀疑过自己不可避免的冲动。

"他们对我说，'别去了，别去了——'"，他摇了摇头。"但是，我说我要去。"

他说到这里就结束了。

于是我们看着他在小码头上消失了，向下面的那湖走去。他将在傍晚返回来，被人用筐篮从缆索铁道上拉起来。而在一个月的时间里，他将会站在湖中同一条汽船上到美国去了。

最痛苦的事莫过于看到他站在那儿，穿着低劣的、破烂不堪的美国衣服、在汽轮的甲板上，挥手向我们告别，把自己最后的理想归入了我们的世界、我们的意识与我们那个有深思熟虑的行动的世界。他的面孔坦率、开朗、没有疑问，他似乎是一个囚犯，正在被人从一种生活方式转移到另一种生活方式中，或者说，像一个直到现在仍未找到一个安身立命之所的处在飞行轨道中的灵魂。

对他而言妻子和孩子是什么呢？她们是通向过去的最后阶梯。他父亲是他背后的大陆，妻子和孩子是过去的岸边，但是，他的脸已经转向外面，完全离开了它，到哪儿去呢？无论是他，还是其他任何人都不知道，但他把那个地方称之为美国。

背井离乡的意大利人

在康斯坦茨的时候，天气雾蒙蒙的，使人感到倦怠、压抑。在这浩渺、平静而荒凉的湖上旅行毫无乐趣。

我从康斯坦茨出发时，是乘一艘从莱茵河开往沙夫豪森 ❶ 的小汽轮去的。那时景色很美。薄雾依然笼罩在水面上，笼罩在河流宽阔的浅滩上，太阳透过早晨的天空显露出来，在蓝色烟雾下，放射出可爱的黄色光线，因此，这仿佛就是刚刚诞生的世界。一只雄鹰在高高的云端正与两只乌鸦，或者是两只白嘴鸭搏斗。每当它们升得越来越高的时候，乌鸦就在进行攻击的雄鹰上面忽隐忽现，空中的战斗犹如某种不可思议的象征，甲板上的德国人愉快地观看着。

后来我们来到长满树木的两岸之间，来到一座座桥梁下面，我们看不到那场面了。岸边展开一排排古老浪漫的村庄，富有奇趣，尖尖的屋顶铺着红色和彩色的瓦，安静，遥远，年深月久。它们很可能是一种梦境。甚至当船靠岸了，海关官员上来检查时，村庄也依然停留在上日耳曼久远的浪漫的过去中，那是童话故事、吟游诗人和工匠的日耳曼。强烈的历史气息几乎令人难以忍受，在河流的烟雾上，在彩色中飘荡着。

我们的船驶过了几个游泳的人，他们白皙模糊的身体在水中靠近船侧的地方摇动着。有个男人长着一颗圆圆的、漂亮的头，从水中探出脸和一只手臂，高声向我们致意，仿佛他就是尼伯龙根，用那从水中抬起的光亮的

---

❶ 瑞士北部城市，沙夫豪森州首府，位于莱茵河右岸，城附近有莱茵瀑布。——译者

手臂向我们致敬，他脸上浮着笑容，美丽的唇须挂在嘴边。后来他白皙的身体在水中打起旋涡，他游开了，用侧泳游走了。

沙夫豪森这个城镇有一半是古老的、已经成为过去的，另一半是现代的，它有酿酒业和工业，这很不真实。沙夫豪森瀑布的中部建有工厂，在底部建有旅馆，还有它的总体电影效果，它们都很丑陋。

当我启程徒步从沙夫豪森瀑布穿过瑞士到意大利去的时候，那是下午。我记得巴登州这个地方的广阔、肥沃，有些阴沉沉的田野是潮湿的，没有人烟。我也记得在一处靠近铁路路基的田地里，在一棵大树下，我找到了几个苹果和几个蘑菇，我把它们都吃了。然后我踏上了一条漫长的荒凉的公路，路的两旁是使人意气消沉的、枯萎的树木，广阔的田野在路边展开，一群群男人女人正在劳作。当我孤零零地、一览无余地、被世界遗忘了似地沿着长长的大道向前走去时，他们都在看着我。

我记得在边境小村没有人前来检查我的行囊，我毫无阻拦地越过了边境。一切都是静静的，没有生机，也没有希望，只有大片大片令人抑郁的土地。

直到鲜红色的、紫色的晚霞出现了，突然之间，我从使人乏味的辽阔无际的空旷大地又突然落入莱茵河谷地，仿佛落入了另一个富有魅力的世界，真是突然之间。

这儿有一条河流在奔流，两岸是高而神秘的、浪漫的河岸，河岸和小山一样高，上面长满了葡萄藤。那里有一座村庄，房屋高大古雅，灯火忽隐忽现，闪烁在深深地慢慢流淌的河面上，除去河水流动的声音，万籁俱寂。

河上有一座精美的遮篷桥，黑极了。我来到桥的中央，透过开孔望着下面黑色的流水，望着正面广场上的灯光，望着河岸上面远远地、寂静地高踞于上的村前建筑。在滔滔河水的两侧隆起了小山，下面是一个小小的被遗忘了的神奇世界，它属于凄凉的村社和吟游诗人的时代。

然后我回到了"金色牡鹿"小客店，向上爬了几个台阶，我弄出一个

很大的声响。出来一位女人，我请她准备些饭菜。她领我走进一个房间，
里面放了许多硕大的木桶，直径有十英尺，像胖子似的侧身躺在地上，然
后穿出一间宽大的石板一样干净的厨房，锃亮的锅盆，就像工匠歌手 ● 一
样古老，再后来，又走上几个台阶，进了一间很长的客厅，里面摆了几张
晚餐用的桌子。

　　有几个人正在吃饭。我叫了一份Abendessen（晚餐），坐在窗子旁望着
下面幽暗的河水、带遮篷的桥，望着对面黑森森的小山，山顶上闪着几处
灯火。

　　然后我吃了一份给得很足的面条汤和面包，喝了啤酒，困极了。只
有一两个村民曾到这里来，他们很快又离去了，这里死一样的沉寂。只有
房间对面的一个长桌前坐着七八个男人，衣衫褴褛、破烂不堪，又有些不
讲礼貌。后来又走进来一位。老板娘给他们每人上了一份浓浓的带汤团的
汤、面包和肉。她有些不满地为他们端来了食物。他们坐在长桌旁边，有
八九个人，是些游民、乞丐和失业的流浪汉，他们用一种高兴的麻木不
仁，在很大程度上，他们是用一种野蛮的样子吃完了这顿饭，仿佛是狼吞
虎咽似的，有时还四下张望着，咧嘴笑一笑，像囚犯一样顺从、懦弱，但
又肆无忌惮。最后有一位高声喊着问他们要到什么地方去睡觉。老板娘唤
来了年轻的侍女，用一种古典的德国式的非难与严厉领着他们上了石砌楼
梯到房间去了。他们三三两两地慢慢走出去，不光彩地、卑琐地、受了委
屈地退去了。那时还不到八点钟。老板娘坐下来和一位长着胡须的男人沉
稳地、一本正经地聊起来，同时还在桌子上忙着手中的活，不慌不忙地缝
补着。

　　当乞丐和流浪汉溜出房间时，有人不管不顾、高高兴兴地喊起来：

　　"*Nacht，Frau Wirtin—G'Nacht，Wirtin—'te Nacht，Frau*，晚安，威尔登太

● Meistersinger，德国十四至十六世纪行会工匠歌手，诗人。——译者

太——晚安，威尔登，晚安，晚安，太太，"老板娘对这些话不冷不热地只是回答了一句"*Gute Nacht*，晚安"，连头都不抬，继续缝着，她用最轻微的动作暗示：她正在和那些稀稀拉拉依次走向门口的男人们说话呢。

于是除了老板娘和她的缝补，除了那位沉稳的年老村民和年轻的侍女外，房间里空空荡荡的，她正用很难听懂的方言和老村民说话，侍女在收拾游民和乞丐们用过的盆子和盘子。

后来村民也走了。

"*Gute Nacht*，*Frau Seidl*，晚安，塞德尔太太，"他对老板娘说，"*Gute Nacht*，晚安，"他也随口对我说道。

那时我正在看报纸，然后我向老板娘要了一支香烟，我不知用什么别的方法扯起话题，于是她坐到我的桌前，我们谈起来。

我很高兴被人当作一种浪漫的、漫游世界的人物，她说我的德语是"*schön*"（很好），慢慢走，路还很长。

于是我就问她，那些坐在长桌前的男人是些什么人。这时她变得拘谨和粗率了。

"他们是找工作的人。"她说道，似乎对这个话题很讨厌。

"但是他们为什么要到这里来，这么多人？"我问道。

后来她告诉我，他们正准备离开这个国家，这里几乎是边境上最后一个村庄了，每个村子里的救济官员都有权给每个流浪汉一张票证，持票证的人在一家指定的小客店可以享受一顿晚餐、住宿，在早晨得到一块面包。这家客店就是这个村中接待流浪汉的小店。老板娘每接待一个这样的流浪汉可以得到四个便士，我相信是这样。

"差不多吧。"我说。

"根本不够。"她回答道。

她完全不喜欢这个话题，只是出于对我的尊重才做了回答。

"*Bettler, Lumpen, und Taugenichtse*！"　❶我高高兴兴地说。

"是一些失业的人，正在返回他们自己的教区，"她死板板地说道。

于是我们就没有什么话好说了，我也去睡觉了。

"*Gute Nacht, Frau Wirtin.*"　❷

"*Gute Nacht, mein Herr.*"　❸

于是我走上了一层又一层的石阶，年轻的侍女陪着我。那是一座非常高大的废弃了的旧房屋，有许多黄褐色的门。

最后，在最远最上面的一层，我找到了我的卧室。里面有两张床，光秃秃的地面，家具也很少。我望着下面很远处的河流，望着遮篷桥，望着对面山上远处的灯光。在这个被遗弃了被遗忘了的地方，与一些流浪汉和乞丐在一个屋顶下同眠共卧，真有些不可思议。我在反复考虑，如果我脱下靴子，放在外面，他们会不会把它们偷去。但是，我决定冒一次险。门闩在废弃了的梯台上发出很大的声响，到处都让人感到这里是被抛弃了、被遗忘了。我不知道这八个流浪汉和乞丐睡在什么地方。没有办法把门弄牢。但是，不知为什么我觉得，如果我命里注定要被偷盗或被谋杀，那也不会是被流浪汉和乞丐偷盗和谋杀的。于是我吹灭了蜡烛，在一床大羽绒被中躺下了，倾听着中世纪的莱茵河在奔流，在窃窃私语。

我醒来时，天色已经大亮，对面山上已是阳光明媚，而下面深处的河水仍在幽暗中流淌。

流浪汉和乞丐都走光了，他们肯定是在早晨七点钟就被赶走了。因此，我可以独自一人享用这个小客店了，我、老板娘和侍女。到处都干净极了，充满了德国清晨的活力与光明，这与拉丁民族的早晨有如天壤之别。意大利人每天第一件事是死气沉沉、疲疲沓沓，而德国人则是精力充

---

❶德文，"叫花子，流浪汉和饭桶！"——译者
❷德文，"晚安，威尔登太太。"——译者
❸德文，"晚安，亲爱的先生。"——译者

沛、活泼愉快的。

在阳光明媚的早晨，向下望着匆匆而去的河水，望着遮了篷的、如画一般的桥，望着河岸和对面的小山是赏心悦目的事。然后在靠着小山的蜿蜒山路上骑马向下走来了瑞士的骑兵，穿着蓝色军装的男子汉。我走出门去看他们。他们富有浪漫色彩地风驰电掣般跑过了遮篷桥与幽暗的篷洞，在村庄入口处跳下了马。这儿到处都是清爽的、欢乐的早晨的新鲜气象：骑兵的到来，村民的欢迎。

瑞士人看起来并不十分威武，装备和气质都不威武。这一小队骑兵，与其说像一支军队，倒不如说更像一群为了自己的某些私事骑马外出的平民百姓。他们很有共和精神，非常自由。指挥他们的军官也是他们中的一员，他的权威是通过一致同意树立的。

到处都是十分愉快和真诚的，其中有一种自在而平和的感觉，这与德国人那种机械的多少有些闷闷不乐的演习是截然不同的。

村中的面包师和他的助手从面包房里热乎乎地、浑身沾满面粉走了出来。他们抬着一大筐新鲜面包。所有骑兵都在桥头下了马，像商人一样吃饭、喝水。村民们出来和自己的朋友打招呼：一个士兵亲吻了他的父亲，父亲穿着一条皮围裙走来了。当、当、当从上面传来学校的钟声，小学生们胆怯地钻过了马群，走上狭窄的街道，带着书本不情愿地离开了。河水匆匆流淌着，士兵们穿着杂乱无章、松松垮垮的军装，实际上简直是一些睡囊，大口大口嚼着面包，年轻的中尉仿佛只是由于人们的一致认可才成为军官似的，表情严肃地单独站在桥头。他们都很严肃、自满、却毫无魅力。他们仿佛是一支马背上的商旅，没有恶意也没有斗志。军装几乎是滑稽可笑的，极不合身，而且马马虎虎。

那时我扛起自己的行囊出发了，跨过莱茵河上的那座桥。登上了对岸的小山。

这个国家存在着一种了无生机的气象。我记得我从路旁草地拾起过几个苹果，有几个甜极了。但是，别的地方则是千里哀鸿，凄凉冷落的乡村，是如此凄凉冷落，是如此灰暗、平庸，它几乎被毁灭了。

在瑞士，除非走向高地，人们总有这种感觉：折中，完全缺乏高尚精神的平庸，有些令人无法忍受。一步一步走到苏黎世也是完全如此。坐上电车进了苏黎世也是一样，在小镇里，小店里，在餐馆里，到哪儿都是一样。到处都是这种登峰造极的平庸与富裕，但是，它平庸得犹如害了枯萎病。风光如画的城镇似乎微不足道，这就仿佛一位最平庸、最普通、最常见的人穿着一身旧衣服。这块土地肃杀了生机。

因此，经过两小时的休息后，我在餐馆里吃了饭，在码头上漫步，穿过市场，在湖边的一个座位上坐下来，我找到一条汽轮，它能把我渡过去。在瑞士，我总有这种感觉：唯一可能的生存感就是在不停的行走中得到的解脱之感。所有人那种可怕的普遍的平庸，是某种根本没有精华、没有灵魂或没有出类拔萃人物的东西，是可怕的强烈的平庸，这太严重了。

于是我踏上了汽轮沿着长长的湖离去了，这湖四面环绕着低矮灰色的小山。那是一个星期六的下午，天上飘着蒙蒙细雨。我想我宁愿下燃烧着火焰的地狱也不愿过这种死一般的平凡日子。

我在右岸的一个地方上了岸，大约走完了湖中水路的四分之三。天色快黑下来了。然而我还必须向前走。我从湖畔爬了很长一段山路，来到山顶，向下望着黑森森的山谷，然后向下走进了深深的幽暗中，走进了一个没有生气的村庄。

时间是八点钟，我太累了。我也早该睡觉了。我找到了"Gasthaus zur Post❶"。

这是一家很小很粗陋的客店，只有一间公共休息室，几张没有上过漆的桌子，老板娘矮小、肥胖、严厉，有些乖戾，而老板的头发直挺挺地立着，他正在近乎震颤性谵妄地浑身发抖。

---

❶ 德文，邮政旅馆。——译者

他们只能给我拿来煮熟的火腿，于是我就吃起煮熟的火腿，喝啤酒，而且去试着消受瑞士那种断然冷漠的唯物主义。

我背靠着墙坐在那里茫然地注视着浑身发抖的老板，他随时都会口吐白沫的，那位郁郁寡欢的老板娘完全能让他恢复正常，正在这时，一位黝黑的、花枝招展的意大利姑娘和一位男人走了进来。她穿着女式宽大的短外套和裙子，没有戴帽子，头发梳理得无可挑剔。这可是真正的意大利。那男人柔软、黝黑，他往后会肥胖起来，*trapu*❶，他的体形将会有些像卡鲁索❷。但是，到目前为止，他还是柔软的、有性感的、年轻俊俏的。

他们带着自己的啤酒坐在长长的靠墙的桌子前，在这房间里立即创造了另一个国度。又来了一个意大利人，美丽、丰满、动作缓慢，这是从威尼斯省来的，后来又进来一位身材矮小单薄的男青年，如果不是他生动活泼的动作，他很可能会是个瑞士人。

最后来的人首先和德国人说起话来。其他人只说了声"*Bier*"（啤酒）。新进来的小个子和老板娘聊起来。

最后这里有六个意大利人坐在靠墙的桌前，大声地、热闹地说着。坐在别的桌子前的动作缓慢、冷静的德裔瑞士人偶尔看看他们。小店老板用那双狂躁的、张大的眼睛怒气冲冲地瞪着他们。但是他们轻松自如地随便从吧台上自己取下啤酒，坐在桌边，在这间麻木不仁的小客店里点燃了一堆生命的篝火。

最后他们喝够了啤酒，成群结队地走下了通道。房间又痛苦地空虚了。我不知该做些什么。

那时我听到从后面的厨房里传来老板的叫嚷声、尖锐刺耳的喊声和咆哮声，整个世界仿佛变成了一只疯狗。但是，在这个瑞士的星期六晚上，

---

❶ 法文，意为：肥胖。——译者
❷ Enrico Caruso（1873~1921），卡鲁索是意大利享誉世界的著名男高音歌唱家，直至今日，他在西方世界仍然深受听众的喜爱。——译者

顾客们照旧安然地坐在别的桌子边抽着烟，用难听的方言聊着天。后来老板娘走进来，不一会儿老板也来了，他的领带没了，背心也解开了扣子，露出了松弛的喉头，圆圆的大肚皮也凸现出来。他的四肢很细弱，哆哆嗦嗦的，脸上的肉皮松松地垂下来，眼中闪着怒光，双手在发抖。然后他坐下来去和一位熟人说话，但他可怕的容貌早已一败涂地了，根本没有人理睬他，只有老板娘凶暴地对付他。

身后传来阵阵欢快激动的吵闹声，乒乒乓乓地乱响。门打开了，我看到下面黑暗的通道对面还有一个点着灯的门。这时走进一位肥胖、漂亮的意大利人，还要啤酒。

"这吵声到底是怎么回事？"我终于向老板娘问道。

"是意大利人，"她说道。

"他们在干什么呢？"

"他们正在演戏。"

"在哪儿？"

她把头甩了一下，说："就在后面的房间里。"

"我能去看看吗？"

"我想可以吧。"

老板怒气冲冲地瞪着我走出去。我走下了石砌通道，找到一间宽大、灯光昏暗的房间，可能就是用来聚会的，一些条凳堆在墙边。房间的一端搭起一个讲台或是舞台。这个台上有一张桌子和一盏灯，那些意大利人围坐在灯前，一边打着手势，一边大声笑着。他们的大啤酒杯就放在桌上，放在舞台面上，一位精明的小个子青年人正在聚精会神地读着一些文稿，其他人随着他在桌前俯下身来。

当我从远处走进来的时候，他们就抬头看着我，在这灰蒙蒙的房间中，在这影影绰绰的昏光中看着我，仿佛我是个入侵者，仿佛我看到了他们就应该走开似的。但是，我用德语说道：

"我可以看看吗？"

他们始终不愿意看见我，也不愿意听我说话。

"你说什么？"小个子反问了一句。

其他人站起来注视着，微微有些敌意，仿佛是一些多疑的野兽。

"请问我能不能来这里看看，"我还用德语说道，后来，感到很不舒服，就用意大利语说道："你们正在演戏，老板娘告诉我的。"

我身后是宽大的空房，黑压压的，一小群意大利人在我上面站在灯光里，灯放在桌上。他们全都用觉察不到的、不情愿的表情注视着我。我纯粹是个入侵者。

"我们只不过在学戏，"小个子青年说道。

他们想让我走开。可是我打算待下来。

"我可以听听吗？"我说，"我不想待在那里。"同时我摇了一下头，暗示外面的客房。

"可以，"聪明的年轻人说道，"但是我们只是读各自的台词。"

他们所有人都对我变得友好起来，他们接受了我。

"你是德国人？"一个青年问道。

"不，英国人。"

"英国人？可是你生活在瑞士？"

"不是，我正在走向意大利。"

"徒步走？"

他们用睁大了的眼睛看着我。

"没错。"

于是我向他们讲述了我的旅程。他们都感到困惑了。他们不明白我为什么要徒步旅行。但是，他们对我打算到卢加诺，再到科摩，然后再到米兰的想法还是很高兴的。

"你们是什么地方的人？"我问他们。

他们都来自维罗纳和威尼斯之间的乡村。他们都到过加尔达湖。我向他们讲了我在那里的生活。

"那些山里的农民，"他们立即说道，"他们没受过教育。简直是野人。"

但是他们是用一种善意的轻蔑说的。

我想到了保罗、伊尔·都罗和皮埃特罗先生，我们的旅馆老板，我对这些工厂来的家伙这样品评农民感到气愤。

于是我就坐到舞台的边缘上，他们在排练自己的台词。那个又瘦小又精明的家伙叫吉欧斯皮诺，是个领头人。其他人则像农民的样子吃力地、结结巴巴地读着台词，他们每次只能读一个单词，然后再把这些词凑到一起读，最后才弄明白它们的意思。这个戏是一出业余的情节剧，印在仅值几个便士的小册子上，准备在狂欢节上演出。这是他们第二次排练。那个俊俏的、黝黑的家伙激动起来，在姑娘面前显示着自己——一个竖立起来的硬邦邦而又麻木的东西。他笑着，脸色绯红，犹犹豫豫的，什么也听不懂，直到吉欧斯皮诺直接转述给他，他才能明白。那个肥胖、漂亮，动作缓慢的男人比他聪明些。他吃力地在读这个剧本。另外两个男人可能是背景中的人物。

最为自信的是那个肥胖、漂亮、动作缓慢的男人，他的名字叫阿尔贝尔托。他的角色不是十分重要，因此他能坐在我身旁和我聊起来。

他说他们都是村里工厂中的工人（我想可能是丝绸厂吧）。他们是一个完整的意大利人移民团，大约有三十多个家庭，都是在不同时间来的。

吉欧斯皮诺在村里生活的时间最长。他是十一岁时随父母来的，而且上了瑞士学校。因此他能说很纯正的德语。他是个聪明人，结婚了，有两个孩子。

阿尔贝尔托自己在这山谷里已经生活了七年；那个姑娘拉·马德勒娜在这里已经十年了，那个黝黑的男人叫阿尔弗雷德，在村里大约有九年了，他因姑娘的刺激而脸红，他是所有男人中唯一没有结婚的人。

其他人都娶了意大利妻子，他们都住在一间大的寓所中，那里的窗子在隆隆作响的工厂旁边闪闪发着黄光。他们完全生活在自己人中间，除了几个单词外，没有一个人会说德语，只有吉欧斯皮诺是例外，他仿佛就是这里的本地人。

待在这些被放逐到瑞士来的意大利人当中，是件非常奇异的事，是完全不可思议的。阿尔弗雷德黑黝黝的，没有结婚，还保持着旧的传统。即使是他也难以理解地屈从了一种新目的，似乎这里有某种更伟大的新的意志也征服了他，尽管他是注重感觉的、没有头脑的人。他仿佛已经对自身之外的某种东西表示了认同。在这一点上，他与伊尔·都罗不同，因为他使自己置身于外部观念的控制之下。

注视着他们在舞台上是很奇妙的，这些意大利人，温柔、热情、敏感，却又顺从地围在吉欧斯皮诺周围移动着，而他则总是平静的，总是胸有成竹，总是不动声色。在他的面孔上，有一种有目的的，甚至是献身精神的表情，这使他脱颖而出，使他在这些人中间仿佛是一个稳定而永恒的存在。他们争吵了，他就让他们争吵，到了一定时候，他再把他们叫回来。他们愿意做什么，他就让他们去做，只要他们多多少少按照中心目标干就行，只要他们在某种程度上与这出戏保持联系就行。

这段时间里，他们一直都在喝着啤酒，抽着香烟。阿尔贝尔托是酒吧招待员：他不停地端着酒杯进进出出。马德勒娜的杯子很小。在舞台的灯光里，这个小小的剧团朗读着、抽着烟、排练着，映衬着空荡荡、黑黝黝的宽大房间。这似乎有些怪异和凄凉，这是一个与瑞士的荒漠不可同日而语的小巧、哀婉动人的魔幻地域。我相信在古老的神话故事中，顽石被打开的时候，就会出现一个魔幻的地下世界。

阿尔弗雷德，绯红着脸，激动着，看起来很俊俏，但是，非常柔和，被自己的热情包围了，一边笑着，一边摆着自己的姿势，他傻乎乎地笑着，然后进入了自己的角色。那个阿尔贝尔托，缓慢地和吃力地背诵着、表演着，然而有时却也闪烁出一颗生动、自然而又强烈的火花，那个马德勒娜把头靠在阿尔弗雷德的胸前，另外几个男人也开始上场，这出戏专心致志地演出了半个小时。

那个小个子吉欧斯皮诺敏捷、生动，而且精明，总是中心人物。但是，他似乎又让人觉察不到。当我收回自己的思绪时，我几乎看不到他，我只能看见其他的人，只能看见灯光照到他们的脸上，照到他们正在表演着的手臂。我可以看到马德勒娜，有些粗俗，令人难于忍受，令人厌恶，大声地、半是愤世嫉俗地背诵自己的台词，她倒在阿尔弗雷德的胸前，而他是柔和、敏感的，更像个女人，激动的时候，他脸色绯红，嘴唇湿润，眼睛也潮润了。我可以看到阿尔贝尔托缓慢吃力地活动着，但是他所有的动作中，都有一种原始的质朴，这使他肥胖的平庸平添了一种美。这里还有两个男人，羞怯、容易激动，缺乏才智，还有他们突如其来的意大利式热烈情感的冲动。他们所有人的面孔在灯光中都各具特色，他们所有人的身躯都是明显突出的，都富有戏剧性。

但是，吉欧斯皮诺的面孔却像苍白的发光体，就像在所有红色光辉中间的一道闪光，而他的身躯则像一个阴影渐渐消失了。他的存在仿佛在其他所有人的身上投下了影响，可能那女人属于例外，她是坚定的、不屈的。其他的男人仿佛都被遮没了，被缓解了，在某种程度上，被这位小个子领袖的意志弄得变形了。但他们还是极柔软的材料，甚至是易燃的。

小客店里的年轻女人是老板娘的侄女，走下来隔着房间大声喊着。

"我们现在要离开这里了，"吉欧斯皮诺对我说。"他们十一点关门。但是，在下一个教区，我们还有另一个小客店，它通宵开放。和我们一起去吧，喝点酒。"

"但是，"我说，"你们要自己单独待在一起呵。"

不，他们坚持要我去，他们要我和他们一起去，他们有些急切，他们打算让我得到娱乐。阿尔弗雷德绯红着脸，嘴唇也湿润了，热情地坚持要我一定去喝酒，是真正的意大利红酒，从他们故乡自己的村庄带来的酒。他们不容分说地要我去。

于是我告诉老板娘一声。她说我必须在十二点以前回来。

夜晚黑漆漆的。道路的下面，溪水在奔流，河的对岸有一家大工厂，映出微弱颤抖的反光，人们透过点着灯光的窗子可以看到昏暗的机器在工作着。附近就是这些意大利人住的高大的廉价公寓。

我们穿过了四处散落的、荒凉的村庄，它坐落在溪流旁很深的地方，然后走过小桥，又爬上了陡峭的小山，天快黑的时候我曾到过这山的下面。

后来我们来到咖啡馆。它里面与德国小客店截然不同，但是它也不同于意大利的咖啡馆。这里灯火通明，清洁干净，整理一新，桌上铺着红白相间的桌布。店主人正在里面，他女儿也在，是个美丽的红头发的姑娘。

他们用意大利式的迅速、亲昵而又直爽的方式互相问候。但是，这里也有另一种迹象：一种微弱的保守的气氛，仿佛他们是从外边世界保留下来的，创造了一个特殊的内部社团。

阿尔弗雷德热了：他脱掉了外套。我们都很随便地坐在一张长形的桌子前，那位红头发的姑娘拿来一夸脱（1.14升）红酒。在其他几张桌子上，有些男人正在玩纸牌，那是一种旧式的那不勒斯式纸牌。他们也正在讲着意大利语。这是一个置身于冷漠、黑暗的瑞士中的热情、红润健康的小意大利。

"你什么时候去意大利？"他们问我，"请替我们向她致敬，向那太阳致敬，还有那土地，*l'Italia*"。

于是我们就为了向意大利致敬而喝酒。他们通过我送去了他们的问候。

"你知道在意大利那里有太阳，太阳，"阿尔弗雷德对我说，深深地激动了，嘴唇湿润了，有些醉意了。

我想到了恩里柯·皮尔斯瓦利和他在《群鬼》结束时可怕的喊叫声："*Il sole, il sole*！" ❶

于是我们又谈了一阵意大利。对意大利，他们都有一种痛苦的深情，

---

❶ 意大利文，"太阳，太阳"。——译者

悲哀而有节制。

　　"你们不打算回去吗？"我说，为了迫使他们明确地告诉我，我又说，"难道你们不打算找个时间回去吗？"

　　"打算，"他们说道，"我们要回去的。"

　　但是他们说得很有保留，很不顺畅。我们又谈起了意大利，谈起了歌唱和狂欢节，谈起了食品：玉米面粥和盐。看到我装作用一根绳子切下一片玉米粥，他们笑起来：这又为他们带来了欢乐，这使他们重又回想到意大利的mezzo-giorno（南方地区），家乡钟楼叮当作响的钟声，沉重工作后，在田地里的一顿饱餐。

　　但是，他们的笑又带着一种微微的痛苦、轻蔑和欢喜，每个男人当他从过去，从那些形成了这过去的许多境况中奋斗出来之后，都会感到这种欢喜。

　　他们深情地爱着意大利，但是他们不会回去的。他们所有人的血液、所有人的情感都是意大利的，他们需要意大利的天空、需要意大利的语言和感觉丰富的生活。除去通过这些感觉，他们几乎无法生活。他们的心灵都没有成长，从精神上讲，他们都是孩子，可爱、天真、甚至脆弱的孩子。但是在肉体上他们又是男人：在肉体方面他们已经成熟了。

　　然而，一朵新的幼小的花朵正在他们的内心之中挣扎着开放，这是一朵新精神的花朵。意大利的基质一直都是非基督教的、都是感性的，都是那最强劲的象征，那种性感象征。孩子实际上是一种非基督教的象征：它是男人永恒生命力在生殖中的胜利象征。对十字架的崇拜在意大利从来都没有认真地遵从过。北欧的基督教精神在这里也从来没有任何地位。

　　而现在，当北欧抛弃了自己的基督教，全盘否定它的时候，意大利却拼尽全身的气力反对仍然主宰他们的感性精神。当北欧人，无论他是否仇恨尼采，都在呼唤着狄奥尼索斯式的欣喜若狂时，都在躬身实践狄奥尼索斯式的欣喜若狂时，南欧人却突然挣脱了狄奥尼索斯，挣脱了生命对死亡的胜利肯定，即通过生殖获得的不朽。

　　我可以看出这些意大利的儿子将永远也不会回去了。像保罗和伊尔·都罗那样的男人脱离了以后只有回去。对他们来说，旧有形式的支配太强大了。可以称之为对祖国的爱、对村庄的爱，也可以称之为乡土观念（campanilismo），或诸如此类的东西，但它们都是旧有的异教形式，都是通过生殖获得的对不朽的旧式的肯定，它与基督教通过自我死亡和社会性的爱对不朽的肯定恰恰相反。

　　但是，"约翰"和这些在瑞士的意大利人是年轻的一代人，他们将不会回去了，至少不会回到旧有的意大利。尽管他们可能遭受苦难，他们确实遭受了苦难，在北欧国家和美国冷漠的、物质性的麻木不仁中抖动着每根神经和纤维，但他们还会为了他们追求的别的某种东西而忍受这些。他们将会在肉体上遭受一种死亡，正如"约翰"在街头与群敌打斗中遭受的一样，正如这些男人年复一年地拥挤在这黑糊糊、阴暗的、寒冷的瑞士山谷中，在工厂中劳作时遭受的一样。但是，从这里将会产生一种新的精神。

　　即使是阿尔弗雷德也屈从于新的过程了；虽然他在气质上完全属于伊尔·都罗那种人，但他纯粹是注重感官和没有头脑的。但是在吉欧斯皮诺的影响下，他屈服了，仿佛等待着将会到来的新精神。

　　而在那时，当其他人都多少有些微醉的时候，吉欧斯皮诺开始和我谈起来。在他身上燃烧着一股稳定的火焰，燃烧着、燃烧着，这是一种心灵之火，精神之火，是某种新而明亮的东西，它甚至使温和、敏感的阿尔弗雷德都屈服了，与别人不同，他的心智很少得到开发。

　　"呵，先生"吉欧斯皮诺对我说，静静地，几乎看不出或听不见，仿佛是一个幽灵在和我说话，"*l'uomo non ha patria*"——一个没有祖国的人。意大利政府与我们有什么关系呢？政府是什么？它要我们去工作，从我们身上拿去了一部分工资，让我们去当兵——这是为了什么？政府是干什么用的？

　　"你当过兵吗？"我打断了他的话。

他没有，他们任何人都没有当过：这就是他们为什么不能回意大利去的真正原因。现在这已经暴露了，这在某种程度上说明了他们在谈到自己热爱的祖国时那种不可思议的节制。他们都被褫夺了拥有父母和故乡的权利。

政府是干什么的？它征收税赋，它有军队和警察，它修建道路。但是，没有军队我们也能生活，我们可以当自己的警察，我们可以自己修建道路。这个政府算什么？谁要它？只有那些不公正的人，那些打算从别人身上得到好处的人才要它。它是一种不公正和错误的工具。

我们为什么要有个政府呢？在这儿，在这个村庄，有三十户意大利人。他们在这里没有政府，没有意大利的政府。但我们生活在一起，比在意大利生活得好。我们更富足，更自由，我们没有警察，也没有卑劣的法律。我们互相帮助，在这里没有穷人。

"为什么这些政府总是做我们不想要它们做的事呢？如果我们都是意大利人，我们就不会到西林纳查去打仗。那是政府干的。他们对我们不停地说这说那，做这做那，但我们并不需要它们。"

别的人摇摇晃晃地围坐在桌前，带着孩子般可怕的严肃，为了他们并不理解的事情，他们或多或少感到有些责任。他们在自己的座位上坐立不安，辗转反侧，变换着各种痛苦的、受到拘禁的姿势。只有阿尔弗雷德，把他的手放在我的手上，随随便便地，心花怒放地笑着。他用宽厚的肩膀一抖就会把整个政府推翻的，然后他就会狂欢作乐了，这样的一种狂欢！他流着口水冲着我笑起来。

吉欧斯皮诺在这种微醉的信任中耐心地等待着，但他苍白的明澈与美丽和其他人绯红的、柔和的俊俏相比就像某种持久的、星辰般的东西。他耐心地等待着，望着我。

但是我不希望他继续说下去了：我不想做出回答。我在他的身上可以感觉到一种新的精神，某种新奇而又纯粹的东西，又多少有些可怕。他想要得到某种我力所不及的东西。而我的灵魂却在某个地方流着眼泪，像个孩子在黑夜孤苦无助地哭泣着。我无法作出反应，我无法回答。他仿佛在望着我，我，一个英国人，一个受过教育的人，希望得到首肯。但是，我无法对他表示首肯。我理解一个真正像星辰一样的精神的纯洁，以及它走向新生的斗争。但是，我无法对他的言论加以肯定，因为我的灵魂无法作出反应。我就不相信人类有完善的可能性。我就不相信在人类当中会有无限的完满。而这却是他的星辰，这种信仰。

时间将近午夜了。一个瑞士人走进来要啤酒喝。意大利人围聚起来，他们周围是一种奇异的保守的黑暗。这时我必须离开了。

他们热情地、真诚地和我握手，把一种含蓄的信念留给了我，代表着某种进一步的认识。但是，在吉欧斯皮诺的脸上，有一种坚定的、冷静的刚毅表情，那是一种稳定的信念，即使是在失望中。他给了我一份在日内瓦出版的无政府主义者的报纸。我猜想它的名称是《无政府主义报》（L' Anarchista）。我对它扫了一眼。这是用意大利文出版的，天真、质朴、多少有些浮夸。因此，他们都是无政府主义者，这些意大利人。

我在瑞士的一团漆黑之中沿着坑洼不平的大鹅卵石路向山下的小桥跑去。我不想去思考，我也不想知道什么。我想把握我的行动，把它控制在目前这个时刻，控制在我的探险上。

当我来到通向小客店门口的一段石砌台阶时，我看到旁边有两个人站在黑暗之中。他们轻声地道别，分了手，姑娘开始去叩门，那男人不见了。这是老板娘的侄女与情人在告别。

我们在上了锁的大门外边等着，在午夜的黑暗中站在石砌台阶的顶端。下面的溪水淙淙潺潺地流着。后来从过道里边传来一声喊叫和疯狂的咆哮。然而门闩却没有被撤下来。

"是那位先生，是那位新来的先生，"那姑娘叫道。

后来又传来狂怒的吼叫与咆哮，传来老板发疯的喊声：

"站在外面，就在外面站着吧。这门不开了。"

"那位新来的先生在这儿呐。"姑娘反复说道。

后来又传出更多的响声，门突然打开了。老板向着我们冲出来，挥舞着一把扫帚。在半明半暗的通道里，这是个不可思议的景象。我呆呆地在门口目不转睛地看着。仿佛受了一种魔力，店老板掉落了他正在挥舞着的扫帚，垮了下来。他看着我，还在不停地喃喃说着让人听不懂的疯话。姑娘从我身旁溜过去，店老板吼叫着。这时他抓起了一把刷子，同时喊道：

"你回来晚了，关门了，这门不会再开了。我们会惹来警察的。我们说过十二点，到十二点必须关门，而且绝不会再开门的。你要回来晚了，就待在外面……"

他吼叫着走开，嗓门越来越高，走进了厨房。

"你要回自己的房间吗？"老板娘冷冷地对我说道。她领我走上楼梯。

这个房间就在公路上面，很干净，但有些讨厌，里面有一个很大的马口铁铁盆，可以在里面洗澡，过去曾经装过猪油或瑞士牛奶。但是，那张床却非常好，而这是很重要的事。

我听到老板的尖叫声，同时还有一种又长又无节奏的敲打声，在什么地方，砰，砰，砰，最后喔一声。我闹不清这是从哪儿来的声音。我根本听不出它从何而来，因为我的房间在另一个大房间外面：我必须穿过一个大房间，经过两张床才能走到我房间的门前，因此，我无法清楚地分辨任何东西是在什么地方。

我一面疑惑重重，一面进入了梦乡。

早晨我醒来时，在马口铁铁盆中洗漱完毕。我在街上只看到寥寥的行人，在星期天早晨的安闲中漫步。我觉得这很像英国的星期天，而我却回避它。我看不到一个意大利人。阴冷、高大、昏暗的工厂耸立在小溪旁边，那些蟹青色的石砌贫民住房就在近旁。在村子的另一边是一条散乱的瑞士的街道，几乎没有任何动静。

早晨起来，老板很安静，也很通情达理，甚至很友好。他打算和我聊天：我是在什么地方买的靴子，这是他的第一个问题。我告诉他是在慕尼黑买的。它们值多少钱？我告诉他花了28个马克。他对这双靴子赞叹不已：这样好的靴子，这么柔软，这么结实，这么漂亮的皮子，他很长时间没有看见过这样好的靴子了。

这时我才知道是他给我擦了靴子。我能想象到他用手指抚摸着它们，赞不绝口的样子。我有些喜欢他了。我可以看出他也曾有过想象力，也有过某种良好的本性。现在他因为酗酒垮掉了，沉沦得太深了，几乎失去了人的尊严。我讨厌这个村庄。

他们拿来面包和奶油，一块约重五磅的乳酪，还有大块新鲜香甜的糕点作为早餐。我吃了早餐，非常感谢：这些食物很可口。

一对村里的青年穿着星期天才穿的衣服走进来。他们带着星期天的拘束感。这使我想起了在英国，每逢星期天，弥漫在生活中的那种拘束与奇怪的难为情。但是老板衬衣外披着一件背心，腆着大肚皮坐在那里，那张面目全非的脸松垂着，他在不停地说着，唠唠叨叨地说着。

几分钟后，我重新上路了，感谢上帝赐给我一条只属于我自己的道路，我离开众人启程了。

我不打算看那些意大利人。某种东西已经约束了我，再去看他们我承受不了。我是如此地爱他们，但是，为了这种或那种原因，只要我一动心思去想他们，去想他们将会过怎样的生活，去想他们的未来，我的心智就像钟表一样地停止了。每当我把我的心智转向意大利人的时候，仿佛就有某种奇怪的阴极磁场阻断了我的心智，阻碍它去工作，现在我把它又转向了那些意大利人。

我不知道为什么会这样。但是，我永远也无法去写他们，去思考他们，甚至无法去读他们给我的报纸，尽管在意大利时，我把这些报纸在抽屉里放了几个月，而且时常瞄上几行。我的心灵常常地、常常地回想到这一群人，回想到他们正在排练的戏剧，回想到在那愉快的咖啡馆中的酒，还有那个夜晚。但是，每当我的记忆又触及到他们，我的整个灵魂就凝住了，麻木了，我无法再想下去。甚至此时此刻，在我的思维中我都无法认真考虑他们。我不情愿地蜷缩回来。我不知道这是为什么。

踏上归途

当一个人走路时，他必须向西或向南行。如果他转向北方或东方，那就像走入了死胡同。

因此，自从十字军厌倦地回到故乡后，情况就是如此。而文艺复兴运动则把西方的天空视为通向未来的拱廊。直至现在仍然如此。我们必须向西方，向南方去。

甚至从意大利到法兰西去旅行都是一件悲哀而又令人沮丧的事。但是向南走到意大利，向南和向西去则是一件令人愉快的事。确实如此。想到走向西方，甚至到康沃尔❶，到爱尔兰去，都会让人引起某种兴奋。仿佛磁极就是从南到西和从北到东的，对我们的精神来说，由于这个从南到西的线，在夕阳中，它就是阳极了。因此，当我徒步穿越瑞士全境时，尽管它是一个令人沮丧和意气消沉的谷地，每迈出一步似乎都会随着前进的喜悦闪烁出一线光明。

我离开那些意大利人住的谷地时是星期天的早晨。我迅速跨过溪流，朝着卢塞恩❷出发了。走出大门，背上行囊，向山上攀登是件乐事。路旁的树木很茂密，我还没有获得自由。那是星期天的早晨，静极了。

不到两个小时，我就到了山顶，掠过犬牙交错的谷地，我眺望着长长

---

❶ 康沃尔（Cornwall），英国英格兰西南端的一个郡。西、北临大西洋，南临英吉利海峡。——译者
❷ 卢塞恩（Lucerne），瑞士中北部城市，卢塞恩州首府。滨临卢塞恩湖，居其西北。——译者

的苏黎世湖平铺在大地上，一座座低矮的山峦像一条腰带在外面环绕着，犹如一张立体地图。我不忍再眺望下去，它竟是如此渺小，又如此空灵。我有种感觉，仿佛它是虚幻的，仿佛它是一张我正在俯身观看的，正想要将其击碎的立体地图。它似乎是在我与某种现实之间介入的一种东西。我无法相信这就是真实的世界。它是一种臆造的事物，是一种虚构，就像绘在墙壁上的一幅单调的风景画，遮住了真正的风景。

于是我继续走下去，翻过了小山，来到另一侧，再次举目眺望。这里还是如烟如雾的山峦，那湖就像一面镜子。但是群山越来越高，那座高山就是瑞吉山。我起身走下山去。

那里是一片肥沃的农田和几座村庄。教堂礼拜结束了。祈祷的教徒们正在走回家去：男人都穿着黑色绒面呢的衣服，头戴旧式高筒丝绸礼帽，拿着雨伞；女人们穿着很难看的衣服，带着书本和雨伞。大街上三五成群的都是这些穿着黑色衣服的男人和拘谨的女人，就是这些人把一个星期天弄得毫无生气了。我讨厌它。这使我想起了在童年时代我就知道的那种拘谨、沉闷的"规矩"，每到星期天就常常像一把无形的铁钳向我们袭来。我厌恶这些穿着黑色绒面衣服的长辈，他们的面孔暗淡无光，正道貌岸然地走回家去吃星期天的午餐。我讨厌这些村庄给人的感觉，舒适、富裕、清洁而又正统。

我的两个大脚趾在靴子里磨得很痛。这种情况是家常便饭了。我来到一处宽广的湿软河床，水很浅。于是在村外大约一英里的地方，我在小溪旁的一座石桥边坐了下来，把手帕撕开，绑扎好两个大脚趾。正在我绑扎大脚趾时，两个穿着黑衣服的老者，臂下夹着雨伞从村庄那边走来了。

他们使我怒不可遏，我不得不匆匆扎紧我的靴子，不得不在他们走近我之前又急忙上路了。我无法忍受他们走路和说话的那种样子，它是那样令人难受、鄙俗、转弯抹角的。

那时真的开始下起雨来。我正在向下朝一座低矮的小山走去。于是我坐到一丛灌木下面，看着从树上滴下的雨滴。我待在那儿感到无比欢欣，无家可归，没有住处，也没有行李，蜷伏在路旁矮小的灌木林的树叶下，我感到我就像那逆来顺受的人们一样继承了这片泥土。有些男人从旁边走过，他们竖起了衣领，雨水使他们黑色绒面呢的衣服后肩变得更黑了。他们没有看到我。我像个幽灵一样安全和孤独。在苏黎世买的食物还剩一些，我一边吃，一边等着雨停下来。

过了一会儿，在潮湿的星期天下午，我向那小小的湖走去，越过了许多没有生气的、平庸、卑琐的人，走向一条通行马车的崎岖小路。走近镇子时，星期天的那种萧瑟几乎令人无法忍受。

我继续在烟雨蒙蒙、长满芦苇的湖畔走着，沿湖走了一段。突然我来到水旁一处矮小的乡间小屋前，我要吃午茶了。在瑞士，所有房屋都是这种乡间小屋。

但是，这间乡下小屋由两个老妇人和一条娇生惯养的狗看守着，这条狗肯定不会把爪子弄湿的。在这里我非常高兴。我得到了美味的果酱和一些叫不出名的蜜饼当作午茶，我很喜欢。那两位矮小的老妇人喋喋不休，搅得人不得安宁，她们常常像两片枯萎的树叶跟在那只坐卧不宁的狗后面转来转去。

"它为什么不能到外面去？"我说。

"因为外面湿了，"她回答说，"它咳嗽、打喷嚏了。"

"没有围巾，那是不舒服的（not angenehm），"我说。

于是我们成了知心朋友。

"你是奥地利人？"她们问我。

我说我是从格拉茨来的，我父亲在格拉茨当医生，我出于个人喜好现在正徒步穿越欧洲各个国家。

我对两位老妇人说，我这样做是因为我认识一位格拉茨的医生，他就经常漫游各地，同时也是因为我不想固步自封地只做个英国人。我想要成为另外一种人。就这样我们获得了彼此的信任。

她们用怪里怪气、衰老而又豁齿的声调向我讲了这里的几位旅客，有一位男子常常整日钓鱼，一连三周每日都去，每天从早钓到晚，尽管许多天一无所获，他还是稳坐钓鱼船，以及诸如此类的琐事。后来她们还告诉我她们的三妹死去了，一位排行第三的老妇人。人们能够感到屋中空荡荡的。她们哭泣着，而我作为一个来自格拉茨的奥地利人，自己也惊异地感到我的热泪流到了桌上。那时我也很难过，我本应该亲吻这两位老妇人去安慰她们的。

"只有天国才是温暖的，没有雨，更没有死亡，"我望着湿漉漉的树叶说道。

后来我离开了那里。我本应该在这个客店过夜，我想这样做。但是，我把我的奥地利角色演得过火了。

于是我走向城内一家令人厌恶的、难以忍受的小客店。第二天我翻过了讨厌的瑞吉山，离开了那家令人作呕的小客店向卢塞恩走去。在瑞吉山，我遇到了一位迷路的年轻法国人，他不会说德语，他说他找不到会讲法语的人。因此我们坐在一块大石上聊起来，成了好朋友。我诚心诚意地答应了要到阿尔及尔他住的兵营里去拜访他。我打算从那不勒斯乘船到阿尔及尔去。他在他的名片上给我写下了地址，并且告诉我他在那个团队里有几个朋友，他要把我介绍给这些朋友，如果我从这里到阿尔及尔待上一两周，我们会相处愉快的。

比起我们坐着的瑞吉山的岩石来，或者比起下面的湖和远处的群山，阿尔及尔是多么现实呵。阿尔及尔是非常现实的，尽管我从来没有看到过它，而且，我的朋友永远是我的朋友，尽管我已经丢了他的名片，忘记了他的姓名。他是一位来自里昂的政府职员，在开始服兵役之前，第一次到国外旅行。他把"环球旅行车票"拿给我看。最后我们分手了，因为他必须爬到瑞吉山的山顶，而我却必须走到山脚。

卢塞恩和那里的湖永远都是令人不愉快的，就像裹在奶油巧克力外面的包装纸。我在那里得不到一夜的安眠，于是我登上汽轮沿湖而下向我的最后一站出发了。在那里找到了一家很好的德国小客店，我非常快乐。

那里有一个又高又瘦的青年人，他的面孔由于日晒而发红了，有些红肿，我想他是个德国旅游者吧。他刚刚走进来，正吃着面包和牛奶。我们在餐厅里孤零零的。他正在读一份带插图的报纸。

"汽轮要在这里停一整夜吗？"我用德语向他问道，我听到那船正在远处的水上隆隆作响，正在喷吐着蒸汽，看到黑漆漆的夜色中它那红色和白色的灯光。

他埋头吃着牛奶和面包，摇了摇头，脸也不抬一下。

"那么，你是英国人？"我说。

除了英国人，任何人都不会把脸藏在牛奶碗后面的，也不会用这样痛苦的慌乱晃着自己两个发红的耳朵。

"是，"他说，"我是英国人。"

听到这意想不到的伦敦口音，我几乎大吃一惊，吓得魂飞天外。宛如突然之间发现自己又回到伦敦的地铁中。

"我也是，"我说，"你是从哪里来的？"

然后他开始像个将军说明自己的谋略一样向我讲起来。他曾经越过了富尔卡山口，已经连续走了四五天了，他走得极其艰苦。他对德语一无所知，对这山区一无所知，却独自一人开始走上了旅途：他有两周假期。因此他越过了富尔卡走向罗纳河冰川，从安德马特走向了大湖。在这最后的一天里，他已经跋涉了大约三十英里的山路。

"你难道不累吗？"我问道，我惊呆了。

他是很累了。风吹日晒，加上冰雪磨砺，他的面孔已经红肿，从这张脸上可以看出，他已经因为疲劳而生病了。四天来他走了一百多英里。

"你喜欢这样吗？"我问道。

"呵，喜欢。我想一直走下去。"他打算这样做，而且他已经这样做了。但是，上帝才知道他这样做是为了什么。现在他打算在卢塞恩待一天，在因特拉肯和伯尔尼待一天，然后回到伦敦。

我从心灵深处为他难过，他的疲劳简直惨不忍睹，而他的胜利也令人极为心酸。

"你为什么要走这样长的路？"我说，"你为什么一直都在这个谷地跋涉？你可以乘火车，这样做值得吗？"

"我想值得，"他说。

然而他由于疲劳、由于精疲力尽已经病倒了。他的双眼黑极了，看不见东西了：他仿佛已经丧失了视力，名副其实地失明了。在写明信片时，他向前俯下了头，似乎在摸索自己的道路。但是，他把明信片转了过去，这样我就无法看到他是给谁写的了，我对此并不感兴趣，我只是注意到他这个细小的、谨慎的、英国式的隐私动作。

"你打算什么时候出发？"我问道。

"第一班汽轮什么时间启程？"他说着，找出一本导游手册查对时刻表。他大约将在七点离开。

"为什么要这么早呢？"我向他问道。

他必须在固定的时间到达卢塞恩，而在傍晚到达因特拉肯。

"我想你回到伦敦后得休息一下，"我说。

他匆匆看了我一眼，默不作声。

我喝起了啤酒，我问他要不要点什么东西。他想了一会儿，然后说他想再要一杯热牛奶。老板走进来，"还要面包吗？"他问道。

这位英国人不要。他不能再吃了，真的。而且他也穷了，他必须精打细算自己的钱。老板拿来了牛奶，问我这位先生打算什么时候走。于是我就在老板和这位陌生人之间做了一些安排。可是这位英国人对我的介入略有一些不高兴。他不喜欢我知道他的早餐都要吃些什么。

我可以清楚地感到已经把他牢牢抓住的那架机器。他在伦敦机器似地奴隶般工作了一年，乘地铁到办公室工作。然后得到两周的自由。因此他奔向了瑞士，带着一个想好的旅行路线，带着刚刚够用的钱，直到一文不剩，到因特拉肯去买些礼物：一些火绒草陶器，我可以想象出他带着这些礼物回家的样子。

因此他怀着令人惊异的、可怜的勇气踏上了陌生的土地，面对着陌生的老板，除了英语他不会任何语言，而且他的钱囊又显然是有限的。然而他仍打算闯入大山之中，越过一道冰川。于是他走了又走，仿佛着了魔似的，一直向前走去。他的名字本应该叫做伊克拉塞希尔（Excelsior ❶），确实。

但是，当他走到他的富尔卡时，只要沿着山脊走去，向同一侧山下走去就行了。我的天呵，这真让人意气消沉。而在这里，又一次从山上下来，又一次开始走上回家的归途：汽轮、火车、汽轮和火车和地铁，直到他又回到那同一架机器中为止。

它不会让他离开的，他知道这一点。因此他才用疲劳残酷地折磨自己，他才残酷地锻炼自己的胆量。当我用德语向他提问时，他正痛苦地把头俯在牛奶上面，为了他这生平第一次独自一人徒步在英国之外旅行，他需要何等的勇气呵！

他的双眼又黑又深，包含着深不可测的勇气。然而他正要在这个早晨回去。他打算回去了。他要以全部的勇气走回去，尽管他一点一点地死了，他仍要回去。为什么不回去？这次旅行正在使他死亡，这仿佛在背负着重担去生活。但是，他有勇气去这样屈服，去这样死亡，因为这是他命中注定的道路。

他趴在桌前，精疲力竭地埋头喝着牛奶，无论如何，他的意志是极其完美、极其清白的，得意扬扬。尽管他的身躯在极度痛苦中已经垮掉了，几乎已经无法支撑了。我的心为我的同胞而绞痛，甚至绞出了血滴。

去理解我这位同胞，几乎使我无法忍受，他为了生存而工作着，正如我和几乎我的全体同胞都是为了生存而工作一样。他不会屈服的。在假日里，他就要跋涉，去实现自己的目标，走下去，而不顾这个努力是如何残

❶ Excelsior，在英语中这个单词有"细刨花""精益求精"等意，此处具有一语双关的意味。——译者

酷，他也不会休息，他不会放弃自己的目标，也不会削弱自己的意志，一丝一毫都不会削弱。他的肉体必须为他的意志所需要的付出任何代价，尽管这是一种酷刑。

这一切对我来说似乎是非常愚蠢的。我几乎潸然泪下了。他去睡觉了。我在黑森森的湖畔漫步，我和小客店的女孩聊起来。她是个令人愉快的女孩。这家客店也令人愉快，是一个温暖如家的地方。人们待在这里会感到幸福。

早晨阳光璀璨，湖水湛蓝。到了夜晚，我几乎就到了我旅程的顶点。我很高兴。

那位英国人已经走了。我在旅客登记册上寻找他的名字。名字写得字迹工整，确实是秘书的手笔。他生活在斯特里汉姆❶，突然之间我对他痛恨起来。这个固执的傻瓜，像这样不断苦苦折磨自己。他的所有勇气都不过是懦弱的极点而已？这是多么卑鄙的性格，几乎是虐待狂，就像声名狼藉的红色印第安人，以能忍受酷刑而骄傲。

客店老板走来和我聊天。他很胖，很愉快，十分令人尊敬。但我必须告诉他那个英国人在假日里所做的事，只是为了使他为自己的肥胖、笨重和小店主过分的奢华而感到羞愧。这时我从他那极度的愉快中所能得到的只是这样一句话：

"对呀，这是要走的很长很长的一步呵。"

于是我自己也出发了，在相距很近的顶上积着白雪的大山之间从谷底向上面攀去，白皑皑的大山在我上面闪烁光芒，我像昆虫一样渺小，在下面沿着黑幽幽、寒冷的山谷蠕动着。

在早晨，这里曾经有一个牛市，因此一批一批的牛曾在路上慢慢走去，有的牛还挂着叮咚作响的铃，每头牛都有一张温顺的面孔和一双惊恐

---

❶ Streatham，伦敦南部一个地区，原是一个没有教堂的村庄。——译者

的眼睛，突然之间会把牛角猛地一甩。路旁溪边长满了碧绿的野草，山坡的阴影黑浓浓一片，压在两侧的空中，而天空，衬着白雪皑皑的山腰和峰巅，显得更高了。

这里远离尘器，遗留着几座寂然无声、如烟如梦的村庄。它们就像英国的村庄一样，同样都有一种被人遗忘的、与世无争的迷人气氛。我到一个出售各种货物的、散发着各种气味的小店铺去买苹果、奶酪和面包，我好像又回到了故乡。

但是，随着一英里又一英里向高处逐步攀登，总是在高高的群山阴影中，我又庆幸自己没有生活在阿尔卑斯山。山坡上那些村庄和那里的村民，似乎他们都必须渐渐地，一点一点地向下滑、向下翻滚到河道去，然后顺流而下，通向海洋。星星点点、杂乱无章的小村庄兀立在山坡上，它们旁边是一片片潮湿、绿油油、细长低垂的草地，后面长着许多松树，下面远处是山谷的底部，两侧头顶上面是一些巨石，仿佛是一些无家可归的人临时蹲踞在那里小憩。看起来它们似乎不可能长久地停在那里，巨大的阴影在它们上面飞舞着，这仿佛构成了一种威胁，而那短暂的阳光放射出的光芒又仿佛是一扇窗子。这儿有一种瞬息万变的感觉，也有一种期望。看起来它肯定会发生某种戏剧性的巨变，一座座高山都要跌入自己的阴影中。山谷的底部似乎就是一座座深深的坟墓，而大山的峭壁就像坟墓坍塌了的墙壁。头顶正上方的山峰顶巅，玄妙空灵的白雪放着光明，看起来就像死亡，就像永恒的死亡一样。

看起来，在那富有魅力的白雪中，暗藏着死亡的源泉，它随着阴影和巨石构成的滚滚波涛直泻而下，冲向平原。而山坡上、山谷中，所有群山之中的人们，仿佛就生活在这巨大的、奔腾的破坏与毁灭的波涛中。

那破坏与分崩离析的真正根源，那寒冷死亡的真正核心就是上面积雪的山峰。白色的晶体在那儿冒着天国扼杀一切生灵的严寒永无休止地在一起聚会，而这就是死亡与生命在其基本要素中相会的静态的原子核。从那里开始，从它们在生命中白色的辐射的死亡的原子核里，巨大的潮流向着生命与温暖奔泻而出。而我们处在下面的人们，无法想象向上流动的潮流，它从冰雪的针孔中向着难以形容的寒冷与死亡流去。

群山下面的人们仿佛就生活在死亡的潮流中，生活在最后的、奇异的、失去了光辉的生命单元中。巨大的阴影在他们头上波动着，在那儿，冰冷刺骨的雪水从头顶上死亡的源泉向下奔流，发出永恒的喧响。

在阴影下面，生活在冰雪铮铮淙淙的响声、冰冷雪水的喧闹声中的人们似乎是阴暗的，甚至是卑鄙、残忍的。那儿没有花朵，也没有蓓蕾，只有这样在冰天雪地空气中顽强地繁衍着的生命。

但是，要对当地人有一种认识，则是件难事。到处都是旅馆和外国人，都是些寄生虫。然而在山坡上、山坳里，兀立着那些人们看不见的、失去了光辉的、高悬在山顶的、卑微的山民。在宽阔一些的山谷中，人们仍有一种畏缩的感觉。但是在他们与外国人的接触中，他们找到了一种新的心境。而在城镇中，除去商人就一无所有了。

我缓慢地攀登了整整一天，起初是沿着公路而行，有时在蜿蜒曲折的铁路上面，有时在铁路下面，后来又沿着小山一侧的小路行走，这条小路穿过几座荒凉的农场的农工住宅区，甚至穿过一位乡村牧师的花园。这位牧师正在装饰一座门楼。在阳光中，他站在椅子上面，正举着一个花环，一位侍女站在下面，他们正高声说着什么。

这儿的山谷似乎宽了一些，群山的侧面让出了地方，上面的山峰退得更远了。因此人们感到更愉快了。坐在从山上飘然伸展下来的、用整块条石铺砌的狭窄山道旁，我高兴起来。

在山谷底下有一座小城镇，里面有一家工厂，也许是采石场或铸造厂，在某个地方高耸着几个冒烟的烟囱。这使我在群山之中有一种非常亲切的故乡之感。

这就是人类世界骇人听闻的粗野，这就是先进的工业世界加在自然世界上的可怕的破坏性的粗暴行为，这是如此令人痛苦。看起来，人类的工业扩展就像一种不断向前的干枯的分崩离析，就像一种干枯的分崩离析的过程。如果我们能够学会为整个世界着想，而不是只为了它的一些枝节着想该多好呵。

　　我穿过了深谷中又小又可怕的、粗陋的工厂区，终年不化的积雪在那儿闪烁着，经过了硕大无比的巧克力和旅馆的广告牌，我攀上了这隘口的最后一道陡坡，隧道就从这里开始。戈施恩农是隧道入口处的村庄，到处是铁路的岔道，到处是杂乱无章的旅游别墅，广告招贴，兜售东西的人，长满野草的车厢，混乱、枯燥无味的混乱，越来越热闹。谁能待在这个地方！

　　我爬上了这个隘口。那里的路上和小径上有各色各样的旅行团队，从各个城市来的人们很不协调地走着，或乘车前进。天色已近黄昏时分。我在巨大的V字形岩石开口处缓慢地攀登，那儿有两扇大铁门，隧道穿过那里蜿蜒而去，到了半途又折向下面满是坚硬、嶙峋怪石的狭窄沟谷，这才是这条路的咽喉，在那儿悬挂着一块纪念许多死去的俄国人的牌子。

　　从这隘口黑暗多石的咽喉中钻出来，我又到了上面的世界，又到了平坦的上面的世界中。那时已是黄昏，天色铁青而寒冷。隘口两侧宽阔的山顶上有一片沼泽地。我沿着大道走近了安德马特。

　　在这高高的世界上，到处都是漫游在铁青色的、荒凉的野地上的士兵。我走过了几座兵营和头等旅游别墅。天色越来越黑了，安德马特的街道零零落落，无固定形状，看上去仿佛就是某种偶然的组合。房屋、旅馆、兵营和贫民窟搅成了一团，像一辆文明的大篷车穿过了欧洲世界的这座又高又冷又贫瘠的桥梁。

　　我买了两张明信片，在门外寒冷、铁青色的黄昏中，在上面写着。然后我问一个士兵，邮局在什么地方。他指给我看。这有些像从斯克尼斯（Skegness）或波戈诺尔（Bognor）投递明信片，就在邮局里面投递。❶

　　我努力说服自己要在安德马特过夜。但是，我无法在此过夜。整个地

──────────
❶ 波戈诺尔（Bognor），英国的海滨避暑胜地，游人如织，信件多在邮局内投递出去。——译者

方是如此可怕地粗野、萧条，仿佛发生了什么不测，一件一件的家具都从仓库里甩了出来，乱糟糟地堆在路边。暮色之中我在街上徘徊，试着说服自己留下来。我浏览着为旅客提供食宿的招贴，看到的都很糟糕。我没法选择其中任何一家去住。

于是我继续向前走去，穿过了那些畏缩在这条街上的又旧又矮的、屋檐很宽的房屋，又来到一片空地。这里的风凛冽而强劲。街道一侧是长满石楠的平坦荒地，另一侧是一脉裸露的小山，弯弯地凹陷下去，上面星星点点盖着白雪。我可以想象得出来，圣诞节时，下了五六英尺的冬雪，人们在这里滑雪或乘坐平底雪橇滑行该是多么美妙呵！但是这需要有雪才行。到了夏天，除去冬日破碎的石块就一无所有了。

尽管那儿被白雪映照的空气依然奇妙，像玻璃似的呈半透明状，黄昏的暮色还是越来越浓。天空中现出了一弯残月。一辆载满法国游客的马车从我身边驶过。这时传来了喧腾的流水声，在这声响中，某种亿万斯年的东西永不疲倦地发泄着，仿佛这就是时间本身发出的声响，滔滔地、隆隆地激荡奔流，从没有一瞬的停歇。那从无限走向无限的时间，行色匆匆，这就是瑞士一条条冰冷刺骨的溪流发出的声响，它就是那嘲笑和毁灭了我们温暖身躯的东西。

于是在黑黢黢的清晨，我向着那座留下坍塌残破城堡的小村庄走去。它在冰天雪地中从古到今耸立在道路的岔口上，一条路沿着山脊继续伸向富尔卡隘口，另一条路突然绕过小山折向左去，越过了戈特哈德 ❶。

我必须住在这个村庄。我看到一个女人匆匆地、鬼鬼祟祟地正在门口张望。我知道她正在寻找旅客。我沿着这条坡陡的街道向上走去。那儿只有几间木房子和一间灯火通明的用木头搭建的小客店，一些男人正在说笑，几个外地来的男人站在门口大声说着。

---

❶ Gothard，戈特哈德隧道，位于瑞士中部阿尔卑斯山区，于2010年10月15日全线贯通，全长57公里，是目前世界上最长的铁道隧道。——译者

今天晚上要找到一间房屋太困难了。我不想再找了。我转回身走向有女人张望的那间房屋去，看起来她像只母鸡，而且有些焦急。她可能会高兴有个旅客帮她付房租的。

这是一间干净、舒适的木房子，能够抵御严寒。它的一项功能似乎就是使住在里面的人免受寒冷的侵袭。房间里装饰得像间棚屋，只有几张桌椅和用原木搭建的墙壁。人们在房间里感到很严紧、安全，仿佛待在一间小木屋中，就与外面的世界隔开了。

那位母鸡一样的女人走进来。

"能给我一张床过夜吗？"我问道。

"*Abendessen, ja*！""晚餐，好的，"她回答道，"你要汤和煮牛肉和蔬菜吗？"

我回答说要，于是在死一般的寂静中坐下来等着。我几乎可以听到结了冰凌的溪流的声响，这寂静仿佛凝固了，房内空荡荡的。那个女人似乎是由于寂静产生了反射，漫无目的地、急匆匆地走来走去。人们甚至可以用手触摸到那种沉寂，就像触摸墙壁、火炉或那张铺着美国白色油布的桌子一样。

突然她又出现了。

"你要喝点什么？"

她急切地盯着我的脸，声音有些哀婉，急促中还稍微带着一些恳求。

"葡萄酒还是啤酒？"她问道。

我不想要那冰冷的啤酒。

"半杯红葡萄酒，"我说。

我知道她打算把我长时间地缠在这儿。她拿来了葡萄酒和面包。

"吃完牛肉，你还要些煎蛋卷吗？"她问我。"加了科涅克白兰地●

---

❶ cognac，一译干邑白兰地，法国两大品牌之一。——译者

的煎蛋卷，我做的煎蛋卷好极了。"

我知道这要多花好多钱，但还是同意了。不管怎么说，走了这样远的路，我为什么不吃呢？

于是她又离开了，这时我完全孤独了，在万籁俱寂中坐在那儿，吃着面包，喝着葡萄酒，味道很美。我倾听各种声音，然而只有小溪细微的淙淙响声。我苦思冥想，我为什么要在这里，在这阿尔卑斯山的山巅上，在这点着灯火的木屋里，独自一人在紧闭的房间里？我为什么要在这里呢？

然而我多少有些高兴，我甚至感到愉快：这是何等美妙的宁静、寒冷和纯洁的孤独呵。这是种永恒的、无法穿透的东西，我在这凝重、寒冷的空气中享受着自由，我独自一人在这个高高的世界里。伦敦在下面遥远的地方，在远处是英国、德国和法国，在黑夜里，它们都变得如此虚幻了。这是悲哀的：下面整个这块大陆都变得如此虚幻、如此虚伪了，在运动上已不复存在。从寂静中走出来，人们向下观望着它，而它仿佛失去了所有重要性，失去了所有的意味。它是个庞然大物，然而却又没有意味，世界上各个王国都失去了意味：人们除去到处漫游还能做什么呢？

那个女人端着我的汤走进来。我问她夏天是不是有很多人到这里来？但她被吓跑了，她没有回答我的问题就像一片叶子随风而去了。不管怎样，这汤很好，也很多。

过了很长时间，她才端着第二道菜走来。然后把菜碟放到桌上，看着我，又看着别处，畏缩着说道：

"如果我没有回答你的话，请你一定原谅——我听不清楚，有点聋。"

我望着她，我也退缩了。她是因为自己的缺陷才这样明显痛苦地畏缩着。我怀疑她可能就因为耳聋而受到欺辱，或者唯恐引起客人的讨厌。

她摆好了菜肴，利索而又紧张地为我放上盘子，然后又走开了，仿佛是一只受了惊的小鸡。我很疲惫，我甚至想为她而哭泣，这只紧张而又胆怯的母鸡，她被自己的耳聋吓坏了。正因为她的沉默，这房屋才变得空荡荡的。也许是她的耳聋才造成了这种空虚与沉寂。

当她拿来煎蛋卷时，我大声对她说道："这汤和肉味道非常好。"于是她神经质地抖起来，说道："谢谢。"我设法和她聊下去。她像大多数耳聋的人一样，她对耳聋的恐怖使她遭受的痛苦要比实际遭受的痛苦大六倍。

她说话时带有一种柔软的、奇特的口音，所以我想她可能是个外国人。可是当我问她时，她又误解了，我不忍心去纠正她。我只记得她说她的房屋在冬季里，在圣诞节前后总是满满的。人们是为了冬季运动到这儿来的。有两个年轻的英国太太常常到她这儿来。

她热情地谈起她们。突然之间她又惊恐起来，又溜了出去。我吃着加了科涅克白兰地的煎蛋卷，味道很美，然后我就向着大街观望。天色漆黑，星光璀璨，飘来了积雪的气息。两个村民走过去了。我太累了，我不想再去寻找小客店了。

于是我在寂静的木屋中上床睡觉去了。我的卧室小而干净，用木头搭建的，冷极了。屋外小溪滔滔地流淌。我盖上了床又厚又大的羽绒被，凝望着星空和影影绰绰的高山世界，渐渐睡去了。

早晨我用冰冷刺骨的水洗了脸，兴致勃勃地准备上路了。一层冰冷的水汽飘荡在喧闹的小溪上面，那儿有几棵细弱凋零的松树。我吃过早餐，付了账：一共是七法郎，太贵了，但是管它呢，一旦我走出门，得到新鲜的空气就行了。

天空碧蓝碧蓝的，没有一丝纤尘，这是清亮的早晨，村庄静极了。我一直向山上爬去，直爬到一个路标前。我低头向着福尔卡的方向望去，我又想起了我那位从斯特里汉姆来的精疲力竭的英国同胞，他现在可能已踏上了归国的路程。感谢上帝，我不需要回国，也许永远不需要。我转向左方的小路，走向戈特哈德。

站在那儿，环望着群山之巅，遥望着下面那个村庄和那残破的城堡，望着远处荒原上零乱散落的安德马特废墟，我内心深处升起了一阵喜悦。一个人能永远走向下面的世界呢？

这时我看到一个人影大步走来，他是个青年人，穿着长及膝盖的短裤，头戴阿尔卑斯山小帽，衬衫上系着背带，雄赳赳地走来。外衣挂在背后的帆布背包上。我笑着，等待着，他向我走过来。

"你是到戈特哈德去吗？"我问道。

"是呵，"他回答说，"你也去吗？"

"是，"我说，"我们可以一起走。"

于是我们一同上路了，在长满石楠的岩石中沿着小路攀登。

他是个来自巴塞尔的城市青年，面色苍白，长着雀斑，十七岁了。他是一家行李搬运公司的职员，我想这家公司就是Gondrand Frères（恭德兰德兄弟公司）吧。他有一周的假期，在这段时间里，他正在做一次长途的环游徒步旅行，这有点像那位英国人的旅行。但是他习惯于走这种山路，他是一个体育协会的会员，穿着厚厚的大头钉靴子，雄赳赳地向前走去，一本正经地在岩石上攀援而上。

我们来到了隘口的制高点。空阔的堆满一片片积雪的山坡从纯净的天空铺展下来，那只能容单骑通过的隘口布满山石，全是光秃秃的岩石，大的石块竟如房屋一样高大，小的则是一块块卵石。这条路穿过了这些石块，静静地蜿蜒前行，它也穿越了这种高山世界虚幻空灵的荒凉孤寂，那儿除了溪水淙淙，便是一片寂然。天空和铺满积雪的山坡，狭窄隘口嶙峋峥嵘的河床都沐浴在早晨的阳光中：这就是一切。在寂静中，我们跨过了北方的世界来到南国的天地。

但是，他，也就是艾米尔，要在傍晚乘火车穿过隧道回去了，到戈施恩农再继续他的环游徒步旅行。

无论如何我要继续走下去，我要翻越这世界的屋脊，从北方进入南方。因此我很高兴。

我们在一面平缓的坡地上攀援了很长时间。上面的山坡变低了，它们开始下降了。天空离得非常近，我们几乎就是挨着天空行走。

后来狭窄的山口豁然开朗了，面前出现了一片空地，这是隘口的真正顶点。在那儿也有几座低矮的营房和一些士兵。我们听到了枪声。一动不动地站在那儿，我们看着积雪的山坡，在光芒四射的蓝色天空下，升起一缕缕青烟，后来又看到几个又小又黑的人影穿过了雪地，然后又是一阵步枪的枪声，在这高高的、耸入云霄的空气中，在山岩之间清脆地、不自然地嗒嗒响着。

"*Das ist schön*？"❶我的同伴问道，他对此非常赞美。

"*Hübsch*，"❷我说。

"但是，这应该是非常壮观，在那儿的高处射击，在雪地里进行演习。"后来他开始告诉我士兵的生活是多么艰苦，士兵的训练又怎样的严格。

"你不想当兵吧？"我说道。

"不，我很想当兵。我打算当一名士兵，我要去服兵役。"

"为什么？"我问道。

"为了出操，为了军旅生涯，为了战斗训练。一个人能变得很坚强。"

"是不是所有瑞士人都想到军队去服兵役？"我问道。

"是的，他们都想去。这对每个男人都有益处，这会使我们大家团结一致。再说，兵役只有一年的时间。一年的时间很好。德国人要三年，那就太长了，那很不好。"

我告诉他巴伐利亚的士兵是怎样痛恨服兵役的。

"是这样，"他说，"德国人真是这样。兵役制度不同。我们的制度好极了，在瑞士，男人在当兵时很愉快。我打算去当兵。"

我们注视着一个个黑点般的士兵在深深的雪地里匍匐前进，听着不自然的、清脆的嗒嗒作响的枪声在那儿回荡。

后来我们隐隐听到有人在吹哨子，听到士兵朝路这边呼喊着。我们沿着平地过了一座桥。我们离开了山坡，迅速地向着旅店大步走去，这旅店曾经是一座寺院，它远远地立在那里。在这块高山平地上，有几个长着

---

❶ 德文，意为："漂亮吗？"——译者
❷ 德文，意为："很美。"——译者

芦苇的湖泊，阳光照在上面蓝蓝的、清澈而又明亮，这种荒凉真是不可思议：湖水，沼泽，岩石和道路，在纯净的天空下，环抱在四周堆满白雪的山坡之中。

一个士兵又在呼喊着。我听不清他在说什么。

"他说如果我们不跑开，我们就永远也走不了了，"艾米尔说。

"我不想跑开，"我说。

于是我们又向前加快了脚步，过了桥，站岗的士兵正站在那儿。

"你们不想挨枪子儿吧？"在我们走近时，他生气地说。

"不想，谢谢，"我说。

艾米尔很严肃。

"如果我们现在不能走过去，我们还必须等多长时间？"他问那个士兵，我们什么时候才能脱离危险。

"到一点钟，"他回答说。

"两个小时！"艾米尔不可思议地兴高采烈地说。"我们必须等上两个小时才能通过。我们不打算跑开，他气坏了。"他高高兴兴地笑起来。

于是我们越过平地向旅馆走去。我们走进店里为的是要一杯热牛奶喝。我用德语和店员讲话。但是那个姑娘是法国人，是个冒失的轻佻女子，漂亮得无可挑剔。她极度轻蔑地对待我们，仿佛对待两个一文不值的畜生，两个一贫如洗的家伙。这使可怜的艾米尔很窘迫，但我们想办法取笑她。这又使这个姑娘很生气。在吸烟室，她提高嗓门用法语说：

"*Du lait chaud pour les chameaux.*"

"她说给骆驼们弄点热牛奶。"我为艾米尔翻译说。他的面孔蒙上了困惑和青年人的愤怒。

但是我叫她过来，手指敲着桌子，用法语叫道："*Mademoiselle*！" ❶

---

❶ 法文，意为：小姐。——译者

她蹦跳着来到门口。

"*Encore du lait pour les chameaux*，"❶ 我说。

她飞快地从桌子上把我们的杯子拿走了，一句话也不说，蹦跳着走了出去。

但是，她再也不会拿着热牛奶进来了。一个德国姑娘端来了牛奶。我们笑起来，她一本正经地微笑着。

当我们再次出发时，艾米尔卷起衣袖，把衬衫从脖子和前胸翻下来，衣服几乎脱净了。另外，时间已是正午时分，太阳晒得很热，他的背上背着沉甸甸的行囊，这就更像法国少女说的那匹骆驼了。

我们沿下坡的路走去。从旅馆只走了很短一段路，就出现了深沟。群山之中的巨大裂罅从几座山峰夹持的这个浅锅中向下伸展开去。

南面向下的山坡远比北面向上的山坡更加险峻和奇丽。在山南侧，岩石嵯峨，高大得惊人，一条小河不分昼夜地奔泻而去，实际上它不能算一条溪流，只是一条远在黑蒙蒙的山谷底下断断续续、喷溅着水花的小瀑布。

阳光洒满了一道道山坡，道路向下逶迤蜿蜒，首尾相接，它总是呈现出一个个循环无端的圆环。向上攀行的骒马仿佛是在一间磨坊中一步一步地转圈。

艾米尔选择狭窄的小径而行，我们就像涧水一样跌宕跳跃着向下走去，从平面跳到平面，跳跃、奔跑、再跳跃，不顾一切地向下而去，只有当我们来到公路的另一个平面时，我们才得以休息一下。

一旦开始向下走去，我们就失去了控制，我们像两块石头滚向下面。艾米尔兴高采烈。跳跃时，他挥舞着两只细弱、裸露、白白的臂膀，由于运动，他的胸部也泛出了粉红色。现在他觉得他正在干着什么事情，使他

---

❶ 法文，意为："再给骆驼们弄点牛奶来。"——译者

成了体育协会的会员了。我们向下跳着，跑着，向后蹲着。

山的南坡是奇妙的，阳光如此明媚，还有枝叶繁茂的树木和浓浓的阴影。这使我想起了歌德，想起了浪漫时代：

Kennst du das Land，wo die Citronen blühen? ❶

于是我们飞快地跌跌撞撞地沿着一条起伏跳宕的溪流向南坡下面跑去。我们累极了。在壁立千仞的岩石间有一道峡谷，我们飞快地冲下这道峡谷。树木在我们头顶上方形成一道道篱笆，下面是一丛丛的树木。我们一直不停地向下攀援。

峡谷渐渐开阔了，接着豁然开朗，变成了一个空旷的谷口，在我们下面远远的地方，我们看到了艾罗洛，铁路也从涵洞里伸展出来，整个峡谷仿佛就是阳光满地的丰饶之角。

可怜的艾米尔累坏了，他比我还要疲惫。下山时，他的两只大靴子擦伤了他的脚。因此，来到空旷的谷口后，我们走起路来就轻松了。他也变得相当安静了。

谷口人迹罕至，形状颇有古风古貌，这使我想起了罗马人。我只能想象罗马军团在此处扎营的情景，树丛间放养着罗马兵营的白色羊群。

但是，情况并非如此，我们又看到了瑞士军队的兵营，又碰上了步枪射击和演习。我们不紧不慢地走着，现在已经累了，饥饿难当。而我们又没有任何东西吃。

阳光烘烤的、古老的南坡世界与北坡世界竟有如此不可思议的天壤之别。仿佛牧神潘的老家真的就是在这些因阳光照射而发白了的石块中间，在那些茁壮、因阳光而变得浓黑的树木之间。人们知道所有这一切都存留在自己的血液中，它是纯洁的、经过阳光照射了的回忆。我很满足，我走进了艾罗洛。

---

❶ 德文，意为："你知道那长满柠檬的原野吗？" ——译者

　　我们发现那些街道都是意大利式的，房屋外面阳光灿灿，里面却是一片浓荫，就像意大利一样，道路上到处都是月桂树。可怜的艾米尔立刻就变成了一个外国人。他放下衬衫袖子，系好了领带，穿上了外套，他从内心深处成了外国人，苍白而又陌生。

　　我看到一家出售蔬菜和葡萄的店铺，这是真正意大利式的店铺，像黑幽幽的洞穴。

　　"*Quanto costa l'uva?* ❶ "这是我到南方来说的第一句话。

　　"*Sessanta al chilo，* ❷ "姑娘答道。

　　意大利语那味道就像意大利的葡萄酒一样甜美。

　　于是我和艾米尔一边吃着甜甜的紫葡萄，一边向车站走去。

　　他太可怜了。我们走进一家车站附近的三流餐馆。他要了啤酒、面包和肉肠，我要了汤、煮牛肉和一些蔬菜。

　　他们给的分量很足，于是，当那姑娘为那些坐在酒吧里的男人端送加了朗姆酒的咖啡时，我为艾米尔拿了另一套汤匙、刀叉和盘子，这样我的一份午餐就分成两个人吃了。当姑娘（她已是三十五岁的妇人了）回来时，她精明地看了看我们。我讨好地向她微笑着。于是她也报以一个浅浅的好心的微笑。

　　"*Ja，dies ist reizend，*是呵，这会惹人生气的，"艾米尔压低了声音欣喜地说。他很羞怯。但在这个车站餐厅我们莫名其妙地感到高兴。

　　然后我们安安静静地坐在站台上，等着火车。这里很像意大利的样子，心情愉快地、喜好交际地在火车站等车，整个世界的活动都是安逸、热情的，阳光灿烂。

　　我决定花一个法郎乘火车去旅行。于是我们选好了自己的站台。车票花了一法郎二十个生丁，三等车厢。后来我的火车开来了，艾米尔和我告

---

❶ 意大利文，意为："葡萄卖什么价钱？"——译者
❷ 意大利文，意为："六十里拉一公斤。"——译者

别了，他向我挥手，直到看不见了。我很遗憾他不得不回去，他那么想再向前去探险。

我昏昏欲睡地向前滑行了十几英里，下到提契诺山谷，对面坐着两位肥胖的、穿着女式黑衣服的牧师。

走出车站时，我第一次感到了不安。还要走很长的崎岖的路，我为什么要在这个小站下车呢？我真不明白。但我还是拔开脚走了。那时已是饮午茶的时刻了。

世界上最糟糕的莫过于这些意大利的道路了，新式的、机械化的，隶属于一种机器的生活。古老的道路则是神奇美妙的，灵巧地走向了自己的目的地。但是，这些新的宽阔的道路荒凉了，它们比世界上所有的废墟都更荒凉。

我不停地走呵走，向着提契诺山谷下面，向着伯伦佐纳走去。那山谷也许是美丽的，我不知道。我的记忆中只有道路。它很宽，也很新，常常傍着铁路伸向远方。它也在一些采石场旁边经过，有时还在一些工厂外面经过，有时要穿过一些村庄。它破败不堪的状况实在令人不敢回想，如果说过去还没有过这种状况，那么，现在它已经植根于意大利的生活之中了。

无论是这里还是那里，凡是有采石场和工厂的地方，都会有大片大片的贫民窟赤裸裸地站在路旁，那是些广大的、灰色的、凄凉的所在。穿着破烂衣衫的孩子们正在台阶上玩耍，肮脏的男人没精打采地走着。一切仿佛都背负着重压。

沿着提契诺山谷的路向下走，我再次感到我对正在我们头顶上出现的这个新世界的恐惧。在郊区，在城镇边缘，人们往往会有这种恐惧。在那儿，由于住房的推进，土地正在受到蚕食。但是，在英国，与人们对这些意大利的新道路的恐惧相比，这就微不足道了。在那儿，那些庞大的、没有窗子的、立方形的住所僵硬地挺立在被毁弃了的田地上，像一群毒蛇猛兽蜂拥而至，它们确实是毒蛇猛兽，确实是毁灭性的。

农民突然离开了自己的家园，变成了一名工人，这仿佛是偶然发生的事，然后所有地方都发生了天翻地覆的变化。现在的生活就是把自己出卖给奴隶般的工作，去修路，去到采石场、矿山或铁路上做苦工，去干没有目的、没有意义、真正的奴隶性工作，每个人都只是一个数字，他干的只是一份苦力活，除了要拥有金钱、除了要摆脱旧的制度之外一切都没有目的。

这些意大利挖土修路的工人从早干到晚，他们的整个生命都被捆绑在这残忍的苦工里面。他们是这个世界的苦力。当干着苦力的工作时，他们对自己的境遇却几乎令人惊愕地漠不关心，对肮脏和恶臭早已麻木不仁了。

整个社会形式仿佛正在垮掉，人类的生存要素就像奶酪中的蛆虫一般在这崩溃中乱成一团。道路和铁道建成了，矿山和采石场被开采了，但是生命的整个机体、社会的机体却在一种干腐的过程中慢慢地破碎坍塌了，目睹这种情况真是令人触目惊心。因此看起来我们仿佛最终将会与一个庞大的道路、铁路和工业体系一同遗留下来，那是一个在这些结构上闹哄哄的混乱不堪的世界，仿佛我们创造了一个钢铁的网络，而整个社会的躯体正在这个网络之间破碎、腐朽。想到这些是极为可怕的，而我在一条意大利的新公路上却比在任何地方更经常地感到这种恐怖。

对我来说，想起提契诺山谷就是一场噩梦。但是，最后在漆黑一团的夜晚，我到了伯伦佐纳，情况才有了一点儿好转。在城市中心，人们可以感到旧的机体依然活着。只是在它的各个边缘处，它才分崩离析了，就像患了干腐病一样。

早晨离开了伯伦佐纳，我再次坠入了对新的、邪恶的公路的恐惧之中，这公路被许多庞大的、立方形的房屋，被里面乱哄哄的苦力工人簇拥着。只有驾车运送水果的农民才能带来安慰。但我也为他们担心：那同样的精神也已在他们身上生根了。

我在瑞士就再也没有快乐可言了，甚至当我吃着肥大的黑莓，眺望着马焦雷湖，眺望着卢加诺，仰卧在湖畔的时候，我就已不再欢乐，我心中对麻木不仁、分崩离析的过程的恐惧太强烈了。

在一家小客店，一个男人对我非常友好。他走到自己的园子里，为我摘来了上等的葡萄、苹果和桃子，上面还带着枝叶，把它们堆放在我面前。他是意大利和瑞士两种血统的人，他曾在伯尔尼一家银行工作过，现在退休了，他买下了父亲的房屋，安度晚年。他大约五十岁了，把所有时间都花在自己的园子里，他女儿照料这家小客店。

只要我在，他就和我聊起来，他谈起了意大利和瑞士，谈到了工作和生活。他退休了，他自由了。但他只是在名义上自由了而已。他只是在劳动上获得了自由。他知道他最终摆脱了的那个制度仍在持续着，仍将会毁灭他的儿女们和子孙们。他本人或多或少已经逃回到旧的形式里，但是，当他和我一起走到山边，向下眺望着远在洛迦诺的公路时，他知道他旧有的秩序正在被一个缓慢的、崩溃的过程所瓦解。

他为什么要向我说起这些呢？仿佛我带来了什么希望，仿佛我代表着什么积极的真理，在反抗着这个正在向山边进军的消极真理似的。我又害怕了。我匆忙向下走到公路去，走过了一幢幢房屋，那灰蒙蒙的、粗陋的、腐朽的沉渣。

我看到一个姑娘，赤裸着漂亮的大腿和脚腕，在阳光中闪闪发亮，犹如铜铸的一样。她正在田野里，在葡萄园边缘工作。我停下脚步看着她，她那像黄铜一样闪光的美丽肌肤突然令我销魂荡魄。

这时她用我听不懂的土话向我大声呼喊着什么，这是一种嘲弄和挑战。她的声音沙哑，带有挑战的意味。我有些害怕，走开了。

在洛迦诺，我住在一家德国旅馆里。我记得在黑暗中，我坐在湖边的一个座椅上，注视着那些在水边、在树下、在灯下漫步兜风的人流。我现在依然能够看见他们的许多面孔：英国人，德国人，意大利人和法国人。仿佛这里，这个度假的地方，就是崩溃与干腐病的核心，在这股干枯的、脆弱的沿湖走来走去的人流中，穿着晚装从一些大宾馆中走出来的男男女女显得极其邪恶，而普通的游人、旅游者，城市里的工人、青年在笑着，嘲笑着。这是不可思议的邪恶的痛苦的，甚至是污秽的。

我在他们当中坐了很久，想着那位姑娘和她那闪烁着黄铜光泽的四肢。最后我起身走向旅店,坐在大厅里读着报纸。这里与下面是同样可怕的感觉,尽管不是那样强烈。

于是我去上床睡觉。这家旅店建在陡峭斜坡的边缘上,我在奇怪,整个山体为什么没有在某次大的自然灾害中滑下去。

早晨我沿着卢加诺湖畔走去,走向可以乘汽船直往湖的彼岸驶去的地方。那湖并不美,只是像画片一样。我最喜欢想象的就是古罗马人到这里来的景象。

于是我乘汽船驶向那湖的下游。上岸以后,我沿着一种类似铁路的轨道走去,这时我看到一群人。他们突然欢呼起来,高喊起来。他们正在全力对付一头硕大的苍白的小公牛,把它悬吊起来,要为它装上蹄铁,而这牛正以惊人的力气冲撞着、踢着。目睹这种景象真是不可思议。一堆浅色的、外貌柔软的血肉之躯正以如此剽悍的疯狂搏击着,这是猛烈的正在发作的疯狂、抖动和痉挛。而男人和女人们正在用绳索勒紧它,把它勒紧,用全力压倒。但是,随着它可怕的抖动痉挛,有些人又一次被甩到了四面八方。人们被甩到道路上,到处撒满了热烘烘的粪便。而当这牛再次冲撞起来的时候,人们发出了吼声。这既是胜利的欢呼,也是对它的嘲弄。

我继续走下去,不打算再看了。我沿着一条尘土极多的道路走着。但是,这条道路不那样可怕了。也许因为它比较古老吧。

在冷冷清清的基亚索小镇,我喝着咖啡,观看着海关上熙来攘往的人们。瑞士和意大利的海关官员在相距几码的地方设立了办事处,任何人都必须停下来。我走进去,把我的帆布背包递给意大利官员,然后登上一辆向科莫湖开去的电车。

电车里有一些穿着盛装的女人,很时髦,但有些商人气味。她们有的乘火车来到基亚索,在城里购物。

当我们到终点时,一位年轻小姐在我前面下了车,把她的阳伞忘在车上了。坐在车厢里,我意识到自己满身尘灰、污垢,我知道她们会认为我是这些道路上的一名工人。但是,我却忘记我该下车了。

"*Pardon，Mademoiselle*，" **❶** 我对年轻小姐说道。她转过身来，恶狠狠地极其轻蔑地瞪了我一眼，"*bourgeoise*，" **❷** 我自言自语地说道。我看着她又说道："*Vous avez laissé votre parasol*"。**❸**

她转了回来，像猛禽一样扑向她的阳伞。她的财物在她的灵魂中占有何等重要的位置呵！我站在那儿注视着她。后来她走到街道中，走到树下，这目中无人的少女。她穿着一双白色的小山羊皮靴。

我想到科莫湖的时候，就如我曾经想到卢加诺湖一样：当罗马人来到这里时，那情景一定是奇妙的。而现在却到处都是别墅了。我想只有某些时候的日出还依然是奇妙的。

我登上汽轮向科莫湖驶去，睡在一家小客店宽大古老的大石洞中，那是个美妙的地方，还有一些相当有教养的人们。早晨我走到外面。天主教堂的静穆与昔日的美创造了过去伟大的辉煌。但是在市场上，他们正在批发栗子，到处是一堆堆鲜亮的、棕褐色的栗子，装着栗子的口袋，农民们急切地卖着、买着。我想到了科莫湖，一百年前它肯定是奇妙的。现在它已是个大都市了，天主教堂仿佛是个历史遗物，是个博物馆了，到处都散发着机械的、利欲熏心的臭气。

我没有勇气徒步走向米兰了：我乘了火车。在那儿，在米兰，我坐在米兰大教堂广场上，那是星期六下午，喝着苦味酒，观看着一群群意大利城市人轻松愉快地喝着谈着，我看这儿的生活依然欢快，这儿崩溃的过程也是强劲的，而且那卷入人类心灵与肉体的机械行为在成倍增长，它成了这崩溃过程的中心。但是，这儿到处都是同样散发着臭气的目标：机械化，人类生活的彻头彻尾的机械化。

---

❶ 法文，"对不起，小姐。"——译者
❷ 法文，"资产阶级。"——译者
❸ 法文，"您确实把您的阳伞忘在车里了。"——译者